穏やか貴族の
休暇のすすめ。

A MILD NOBLE'S
VACATION SUGGESTION

10

著
岬

TOブックス

もくじ

穏やか貴族の休暇のすすめ。 10

A MILD NOBLE'S VACATION SUGGESTION

CONTENTS

穏やか貴族の休暇のすすめ。 ―― 5
魔鳥騎兵団は気付いている（個人差あり） ― 277
理想が現実の上であるかは人次第 ― 297
あとがき ―― 314

イラスト：さんど
デザイン：TOブックスデザイン室

A Mild Noble's
Vacation Suggestion

CHARACTERS

人物紹介

リゼル

とある国王に仕える貴族だったが、何故かよく似た世界に迷い込んだ。全力で休暇を満喫中。冒険者になってみたが大抵二度見される。

ジル

冒険者最強と噂される冒険者。恐らく実際に最強。趣味は迷宮攻略。

イレヴン

元、国を脅かすレベルの盗賊団の頭。蛇の獣人。リゼルに懐いてこれでも落ち着いた。

ジャッジ

店舗持ちの商人。鑑定が得意。気弱に見えて割と押す。

スタッド

冒険者ギルドの職員。無表情がデフォルト。通称“絶対零度”。

ナハス

アスタルニア魔鳥騎兵団の副隊長。世話焼かれ力の高いリゼルと出会って世話焼き力がカンストした。

？？？

奴隷扱いされていたが戦士として覚醒した戦奴隷。今はリゼルのもの（仮）。

宿主

リゼルたちが泊まる宿の主人。ただそれだけの男。“やどぬし”と読む。

117.

それは、暴風にも似た魔力がアスタルニアを席巻《せっけん》する少し前のこと。

信者らは牢屋から離れた地下の一室に集まっていた。恐らくこの地下空間で最も広いだろう部屋には、円を描くように魔道具が並べられている。

幾《いく》つもの柱が薄っすらと光を宿していた。それら一つ一つに、信者らが並び立っている。

「魔力増幅装置に異常なし」

「ある訳がない。師が作り上げたものを模《も》したのだから」

「そのとおりだ」

使命執行の時は近い。誰しもが高揚《こうよう》する心を抑《おさ》え込《こ》み、その時を待つ。

「発動まで六百秒をきった」

「起動次第この部屋の入り口は埋《う》める。出遅れるな」

「元より隠し部屋だ。発見までの時間稼ぎにはなるだろう」

一度起動してしまえば、装置は増幅された魔力が尽きるまで動き続ける。

何日も続くようなものではないが、彼らにとっては問題ではない。師の魔法が魔鳥騎兵団《まちょうきへいだん》を地に落とし、それを目に焼き付けるには十分過ぎる時間だ。

求めるのは師の魔法が至上であるという証明のみ。一時だろうが蹂躙《じゅうりん》してみせれば、どちらが上かはハッキリするだろう。後はその騒動を尻目に、悠々とサルスを去ればいい。

「そろそろ時間だ」

信者の一人が鬱々《うつうつ》とした声で告げた。

だが、計画の中心人物である男の姿が見えない事に気付く。少し前までは最終調整の為《ため》にと此処《ここ》で指示を出していたが、席を外したきり戻ってこない。

「何処《どこ》へ行った」

「献上品の元だ」

「忠告だろう」

「道中騒がれても面倒だ」

魔道具に倣《なら》い、円を描くように立つ信者達が互いを見るでもなく言葉を零《こぼ》す。

冷えた空気に微《かす》かに響く声は止《や》む様子がない。敬愛する師へと用意された献上品《けんじょうひん》に対し、賛成だろうが反対だろうが思う所がない者はなく。特にリゼル本人を目の当たりにした者ほど、それは顕著《けんちょ》だった。

だがそれらの声は、一人の男の発言でぴたりと止む。

「もう始めるべきだ」

その場にいる全員の視線が声の持ち主へと向かった。

「予定の時間にはまだ早い」

「今すぐでも実行は可能だ」

「戻るまで待てと言っていたが」

「従う理由が何処にある」

その言葉に、信者らは沈黙を以《もっ》て応えた。

同意はないが反論もない。男の言葉を値踏みしているような静寂が続く。

信者らが今は居ない男の指示を受けるのは、男が最も支配者の傍《そば》にいた時間が長く、最も近い地位に居るが故《ゆえ》。しかし彼らにとっては敬愛する師の他に自らの上はなく、ただ共通の目的を持つが為に共に行動しているに過ぎない。

「一刻も早く師の立つ頂《いただき》を汚そうとする者を排除するのが我々の使命だというのに……遂行できる術《すべ》を持ちながら待つべき理由などない筈《はず》だろう」

「正論だ」

「師こそ至高と知らぬ輩《やから》が今この瞬間にいるのすら嘆かわしい」

空気が張り詰める。

此処に集まるのは自ら支配者の手足となる事を望んだ者のみ。口には出さないが当然の如《ごと》く、自らこそが師を理解する最たる存在であるという自負《じふ》を持つ者ばかりだ。

そして、それはすぐにでも実行すべきだと告げた男も同じこと。とある一人の冒険者からお墨付きを得た彼は特にその思いが強い。

「それすら分からぬ者に何を従う事がある」

他の信者に対し強い優越感を抱きながら、男は嘲笑《ちょうしょう》を浮かべ語気を強めた。

「何と浅ましい」

「確かに献上品は師を喜ばせるだろう」

「だが最も優先すべきものこそ使命だ」

「実行が可能ならば待つ理由などない」

ぼう、と魔道具が次々と光を強くする。

一人欠けようが問題はない、それゆえの実行。もはや躊躇《ためら》う理由などなかった。

「〝我が師に栄光あれ〟」

魔道具が強く光る。その光がやがて点となり、線となって互いを結ぶ。そうして部屋を覆《おお》い尽《つ》くすように頭上に描き出されたのは、幾つもの複雑な文様が重なる魔法陣だった。

彼らは計画の成功を確信した。徐々に強くなる光に、胸の内から高揚が湧《わ》きおこる。誰からともなく、くぐもった歓声が上がった。

その直後のことだった。

「何……ッだ、これは!!」

怒濤《どとう》の如く襲いかかる魔力。

唯《ただ》一人以外の他者への配慮など一切ない、それが許されるとさえ錯覚《さっかく》させる程の圧倒的なそれに信者らはよろめいた。

「今のは、魔力……ッ?」

「ッバカな、こん」

「そんな事はどうでも良い‼」

全く信じられぬ事象から起きた混乱は、すぐに誰かの悲痛な慟哭《どうこく》に遮《さえぎ》られた。

彼らの定まらぬ視線は彷徨《さまよ》いながら声の主へと向き、そして限界まで見開かれた目で天井を見据える姿を目撃する。それに倣い、ようやく彼らは真の絶望を目の当たりにした。

「何が、起こった……」

ぽつりと零された声は酷《ひど》く掠《かす》れていて小さい。

彼らの淀《よど》みきった瞳に、完成した筈の魔法陣など映らなかった。確かに頭上で煌々《こうこう》と光を放っていた筈のそれが何処にもない。

「そ、装置はッ」

誰かが声を裏返しながらも叫んだ。全員が反射的に背にした装置を振り返る。

血走った目で魔力装置に食らいつくも、先程までぼんやりとした光を宿していた装置は暗く、ひたすらに沈黙している。何をしようと石のようにそこにあるのみであった。

「ふざけるなッ、何故このような事になる！」

「予定の刻限まで待てばこのような事態には……ッ」

耐えきれず叫ぶ声は、ひたすらに絶望を孕《はら》んでいた。

長い時をかけ計画を進め、ここまで完璧に漕《こ》ぎつけた。しかしその達成の瞬間になって、後一歩のところになって、彼らの思惑など気にも留めていないだろう魔力がそれを無に帰《き》した。

あまりにも理不尽だ。納得できる筈がない。絶望と憤《いきどお》りが入り交じり、信者らは発狂するように一人の男へと摑《つか》みかかった。

「貴様の所為《せい》だ、ッ貴様が実行を早めた所為で！」

「師を裏切るなど許されるものか！」

「黙れッ、私が最も理解している！　私が最も正しいのだ!!」

摑みかかられた男は、拳が壊れるのも厭《いと》わぬ力で殴られ続けながら叫んだ。

その目はもはや何処も見ていない。怪しい光を宿しながら、やがて声が出せなくなるまで己の師への献身《けんしん》を叫び続けていた。

襲いかかる業火《ごうか》へと、奴隷《どれい》の男は躊躇う事なく突っ込んだ。

その炎が彼を焼く事はない。鈍色《にびいろ》の髪がチラチラと炎を反射している。入《い》れ墨《ずみ》の刻まれた褐色《かっしょく》の体を獣《けもの》のように躍動《やくどう》させ、彼は一瞬の間に揺れる赤の景色を走り抜けた。

その先に見据えるのは一人の信者の姿。信者の魔法が行く手を阻むように石壁を作るも意味はなく、肌を裂くように伸びた刃によって切り捨てられる。

まるで食いちぎらんばかりの勢いで奴隷の手が獲物の首を握り、壁へと叩きつけた。

「グッ……我々に逆らうか、奴隷風情《ふぜい》が！」

「もう、違う」

まるで金属を擦《す》り合わせたかのような、不思議な音を孕んだ声が強く告げる。

「お前の、違う」

カツリ、と靴底が石畳を叩く音がした。

信者が呼吸も満足にできないままにそちらを睨《にら》み付《つ》ける。そこにはベッドから下り、確かめるように未《いま》だ手首を拘束《こうそく》する手錠《てじょう》を見下ろすリゼルがいた。

伏せられたアメジストの瞳がゆっくりと持ち上がる。鎖を鳴らしながら持ち上げられた手が髪を耳にかけ、優しくピアスをなぞって下りた。

「そのままで」

零された一声は甘く優しい命令であった。

奴隷の手に力が籠《こ》もる。それは喜びから、あるいは次を望む期待から。喉を締め上げられた信者が、それだけで人を殺せそうな程の視線でリゼルを射抜く。

「他人の奴隷をかすめ盗《と》るなど、手癖が悪い……ッ野蛮な、冒険者め」

吐き捨てられた言葉に、リゼルは微かに首を傾け微笑んだ。

「盗られたくないなら、しっかり繋《つな》いでおかないと」

鎖の揺れる音。リゼルの指先が何かを招くように動く。

信者が目を見開いた。リゼルの隣に浮かぶもの、彼は実物など見た事もないが知識としては知っている。

役には立たないと称されながら、放つ事に成功すればその威力は他の追随《ついずい》を許さない。銃と名付けられたそれを己の手の如く操る姿に、信者はようやく己の立場を思い知った。

「それに」

そして、献上品扱いしていた相手がどんな存在だったのかも。

高貴な色を宿す瞳に、あらゆる相手を呑《の》み込《こ》みかねない清廉《せいれん》な空気に、彼にとっての唯一《ゆいいつ》頂点であった師の存在が揺らぐ。その事実こそが、信者にとっては何事にも代えがたい絶望であった。

喘《あえ》ぐように開かれた口は、声にならないままひたすらに許しを乞《こ》うていた。それが敬愛する師に対するものなのか、そうでないのかは彼自身にも分からなかった。

「貴方《あなた》のした事に比べれば」

「……ッ待」

キュンッと銃が宙を滑る。

銃口は信者のこめかみへ。触れるか触れないかの距離で停止したそれを、信者は震えをこらえるように奥歯を食いしばりながら必死で目で追っていた。

「可愛らしい事でしょう?」

甲高《かんだか》い発砲音が地下に響き渡る。

しかし、その銃弾が信者を貫く事はなかった。リゼルが一度だけ目を閉じ、開き、唇を笑みに緩《ゆる》める。

「か……グ、ガ……ッ」

びくりびくりと信者の体が跳ねていた。

断末魔《だんまつま》の声を上げることすら許されず、喉から血を噴き上げる。見開かれた瞳は瞳孔《どうこう》も開ききり、ただの無機物のように石に覆われる天井を映していた。

その喉に、咄嗟《とっさ》に飛び退《と》った奴隷の手はない。代わりに太いナイフが突き刺さっている。それは肉を裂き、頸椎《けいつい》を破壊し、後ろの壁まで抉《えぐ》って男を標本のように張りつけていた。

鮮やかな赤い髪が、ランプの灯りしか光源のない空間で毒々しく艶《つや》めく。

「良いよ、こんな事しないで」

嵐の前の静けさを思わせる感情の抜けおちた声。

その持ち主であるイレヴンが、微かに乱れた呼吸を落ち着けるように深く呼吸を吐きながらも視線をリゼルへ向けていた。

「だいじょぶ？」

彼は柄《つか》を軋《きし》ませる程に握り込んでいたナイフから手を離した。

同時に、銃口を逸《そ》らしていた腕も下ろす。その視線は一瞬たりともリゼルから離れない。

「イレヴン」

「何された？」

声と同様に笑みすら浮かばぬ顔で彼は問いかけた。

その視線がリゼルから離れ、刻まれて役目を終えた檻《おり》へ。そして両手を拘束する手錠で止まる。向けられた穏やかな呼びかけを遮るように問いかけたのは、孕んだ激情を掻《か》き消されたくなかったからだ。

磔《はりつけ》にされた信者の男から溢《あふ》れる血が、徐々に勢いを失っていく。遂にはぴくりとも動かなくなったが、もはやイレヴンはそちらを一瞥《いちべつ》もしなかった。

血の匂いが充満する空間で、彼は足を踏み出す。

「何されて、そんな怒ったの。教えて、大丈夫、何もしなくて良いから。だから、ほら」

少しの音も反響する空間で、微かな足音すら立てない歩みが空気を更に張りつめる。誰しもがただ殺されるのを待つしかないような、そんな空気だった。

そしてイレヴンが、甘く、甘く、どこまでも甘い毒のような笑みを浮かべた。

「誰が、アンタのこと怒らせた？」

直後、刃物同士がぶつかる音が響く。

リゼルの傍まで下がっていた奴隷が腕を構え、斬りかかる双剣を受け止めていた。数瞬遅れ、喉元で猛毒滴《したた》る牙が晒《さら》されるような殺気がその場を支配する。

ざわりと背筋を何かが這《は》い上《あ》がる感覚。奴隷は明確に目の前の鮮やかな赤を敵だと認識した。連綿《れんめん》と続く血統に刻まれた戦士としての本能が彼に臨戦態勢《りんせんたいせい》をとらせていた。

そうでなければ、初撃で彼の首は飛んでいた。

「……ッぜぇなァ！」

イレヴンの声に込められるのは膨大《ぼうだい》な憤り。

何故剣が通らないのか、そんな事はどうでもいい。目の前の男がリゼルを攫《さら》った本人であれば充分で、それだけで殺す理由になるのだから。

そしてイレヴンは一度距離を置き、深く息を吐きながら天井を仰《あお》ぐ。

「イレヴン」

かけられた声に、彼は視線だけで応える。目を細め、しかし何も返す事なく石畳を蹴《け》った。

「(睨まれた……)」

リゼルは苦笑を零し、数歩後退して背後の鉄格子《てつごうし》に背を預ける。

黙って見ていろと、そう告げられた。つまり制止されようが止めるつもりはない、止められるものではないということ。やはり随分と心配をかけてしまったようだ。

ならば口を挟みはしない。何を優先すべきかはリゼルの中ではっきりと決まっている。イレヴンも止めようとした意図《いと》は汲むだろう、殺しはしない筈だ。

「……」

金属同士がぶつかり合う音を聞きながら、リゼルは熱の籠もった息を長く吐いた。

乱れた鼓動に合わせて震える吐息。じんわりと目の奥が熱くなる。久々に乱された感情の余韻《よいん》に倦怠感《けんたいかん》すら抱きながら、自省《じせい》を込めて瞳を伏せた。感じる眩暈《めまい》を落ち着けるように、少しだけ明滅《めいめつ》する視界を完全に閉じる。

色々とタイミングが悪かったなぁと、そう思いながらゆっくりと瞼《まぶた》を持ち上げた。その時には既に、リゼルは平静を取り戻していた。

「……ジル？」

「どうした」

視線の先、近付いてくる影と見慣れた靴先に頤《おとがい》を上げる。

激しい剣戟《けんげき》の音と濃密な殺気に一切関心を向ける事なく、真《ま》っ直《す》ぐにこちらを見ながら歩み寄ってくるジルの姿。微笑めば、眉を寄せられる。

向かい合うように立ち止まったジルが、身に着けた黒い手袋を片方だけ脱いだ。前髪をくぐるように額へと当てられたその掌《てのひら》に、リゼルは心地良さそうに目を細める。

「熱か」

「はい」

「他は」

「それだけです」

他というのは、熱以外に不調はないかという事だろう。

筋肉痛もほぼ治っているし、信者らに暴行を加えられたという事もない。頷《うなず》くも、確認するように上から下まで一瞥される。その視線が手首を覆う手錠で止まり、額に触れる手がピクリと一瞬動きを止めた。

ジルはそのまま背後の檻を確認し、そして小さく舌打ちを零した。

「上着はどうした」

「荷物と一緒に取られました」

話しながら、額から掌が離れていく。

その手が次に触れたのは手首を絡《から》めとる手錠。手錠と手首の隙間《すきま》を確認するように指先で撫《な》でられ、リゼルはくすぐったそうに指先を動かした。しかし逃げる事なく腕は体の前に下ろしたままにする。

ジルの長い指が、たどるように鎖へと引っ掛けられた。少しだけ引き寄せ、すぐに離す。戯《たわむ》れるような仕草だが、戯れている訳ではないのだろう。

「いつから」

「今朝から絶不調です。全身が痛くて」

「ならかなり熱あんな」

情報は正確なほうが良いと、リゼルが無理に平気を装《よそお》う事はない。

それを知っているジルは疑う事なく、徐《おもむろ》に手錠へと手をかけた。決してリゼルを傷つけないよう加えた力に、金属の手錠がパキンと音を立てて小さく欠ける。

徐々にヒビが広がり、すぐに完全に壊れて床へと散らばった。

「有難うございます」

「もう片方寄越《よこ》せ」

容易に破壊された手錠が音を立てて落ちる。

軽く感じる、とリゼルは興味深そうに手首を持ち上げた。その手首に傷がない事を確認したジルも手袋を嵌《は》めなおし、ふいに上着を脱ぐ。

「着てろ」

「前、イレヴンに黒は似合わないって言われたんです」

「アホ」

言いながらも遠慮なく上着を身につけるリゼルに、ジルは小さく溜息《ためいき》をついた。

そしてリゼルの隣に立ち、腕を組んで鉄格子に凭《もた》れ掛《か》かる。リゼルの体調もあるし、血の匂いも不快だしで早く此処から出たほうが良いだろう。

だが、とジルは双剣を振るうイレヴンを見た。ただ攫われたというだけでは説明ができない程の憎悪。ジルより早く到着した彼は何かを見たのだろう。

すぐさまリゼルに構わない程の、そうでもしないとまともに構えない程に、許しがたい何か。

「二人が終わるまで待ってましょうか」

「……そうかよ」

結局のところ、リゼルが待つと言うのならジルに此処を動く理由などない。

その時、ふいにトンッと肩が寄せられた感覚がしてジルは隣を見下ろした。そこには二人を見ながら寄りかかってくるリゼルがいて、立っているのも辛《つら》い癖にまだ何をやる事があるのかと呆れてしまう。

好き放題やらせた後は強制的に寝かせてやろうと内心で呟《つぶや》き、ジルは決着がつきそうな光景を眺めながらリゼルの言葉の真意を探るのだった。

ガツッと骨に響いた衝撃に奴隷の男は顔を顰《しか》める。

魔物を一方的に追い詰めるような戦闘しか経験のない彼が、発現したばかりの刃を使う戦い方ができるのは偏《ひとえ》に本能だった。遥か過去に最強の名をほしいままにした種族、その一族の誰もが持ち得るものだ。

だが、どれほどに素晴らしい刃を持とうが磨かなければ十全に扱えない。常人相手ならば通用しても、一定のラインを超えた力ある者達の刃はそれ以上に鋭く研《と》ぎ澄《す》まされているのだから。

「遅《おせ》ぇよ」

「ッグ」

防御が間に合わない。

だが斬られても傷など負わないのだ、端《はな》から防御など捨てている。でなければとうに勝負はついている。

奴隷の男は、目の前の鮮烈な赤が自分の敵《かな》う相手ではない事など初めから分かっていた。そして自分が何故殺されようとしているのかも分かっている。大切な人を奪ったからだ。

許さないでと告げたのだ。止《と》めてくれなどと、どの口で言えるというのか。そんな身の程も知らない真似《まね》をしようとも思わないし、むしろリゼルがただ眺めている事に微かな安堵《あんど》すら抱いている。

死にたい訳ではないが、許されるほうが怖い。

「斬る、無駄ッ!!」

赤い髪を蛇のように撓《しな》らせながら繰り出された攻撃を防ぐ事なく耐え、奴隷は刃を携《たずさ》えた腕を前へと突き出した。

しかし紙一重で避けられる。辛うじてそうなったのではない、完全に見切られていた。しかしそれは想定内、奴隷の男は突き出した手を思いきり握り込む。
ズ、と肌を裂くように新たな刃が飛び出した。避けた直後の無防備な横顔を狙ったそれが、鱗《うろこ》のない頬を微かに切り裂く。血が飛び散った。
「雑魚《ざこ》がさァ……ッ」

奴隷は目を見開いた。

躱《かわ》された。前に踏み込む為に敢《あ》えて微かな傷を受けられた。驚きながらも体が反射で動く。防御に転じようと腕を引くも、しかし瞬時にそれが間に合わない事を悟る。

「調子こいてんじゃやねぇ!!」

引こうとした腕に絡みつくように繰り出された蹴り、反応するのは不可能だった。

だが剣すら通さない体、受けきれない筈がない。奴隷は迫る靴底の向こうを睨みつけ、それが叩き込まれた直後に生じる隙を狙った。防御を捨て、攻撃に転じる為に更に腕を引く。

だが、それが実行に移される事はなかった。顔面を靴底が叩くと同時に感じたのは、目の奥が焼け落ちるような激痛。

「ッアアアァァァ!!」

奴隷は片目を押さえ、後退した。手の隙間からだくだくと血が流れ落ちる。

何故、と絶えぬ痛みの隙間で考える。そうでないと意識が飛んでしまいそうだった。自身に痛みを与えられる何かが、一体どこにあったのか。

「う、ぅ……」

耐えきれず膝《ひざ》をついて俯《うつむ》いた男へ、イレヴンが何の感慨《かんがい》も抱かず歩み寄る。

その手は剣と共に小さな何かをベルトの内側へと仕舞《しま》っていた。その何かを目にとめるのは酷く困難だろう、現にそれを挟むように持つ指先には何も存在していないかのようだった。

それは極限まで薄く加工された、とある魔物の鱗。ましてや眼球に向かって垂直に放《ほう》られれば、薄暗い空間で気付く事はまず不可能だ。

「これ、どうすりゃ良い？」

床に蹲《うずくま》る男の前で、イレヴンがようやくいつもの調子を取り戻して問いかけた。

落ち着いたようだと、その視線の先にいたリゼルは檻から背を離す。ジルの上着を着こんで近付けば、イレヴンは気に入らないというように顔を顰めていた。

「やっぱ具合悪い？　平気？」

「そう思うなら放置すんじゃねぇよ」

「無理無理、ムカつきすぎてリーダーに当たりそうだったし」

軽い口調とは裏腹に、気遣うように覗き込んでくる。

リゼルはそれに褒《ほ》めるように微笑んで、傷に触れないよう頬を突いてやった。すると自らの頬が裂けている事を思い出したのだろう、すぐに回復薬を取り出して血液ごと洗い流す。

本来ならば、低級とはいえ回復薬を使うには勿体《もったい》ない小さな傷。だがリゼルが気にするので、ジルもイレヴンも見える範囲で傷を負った時にはすぐに治すようにしている。

跡すら残らず治った頬にリゼルはそっと掌を当てた。

「迎えにきてくれて有難《ありがと》うございます、イレヴン」

「んー」

イレヴンがその手を握り、頬を押し付けるように擦《す》り寄《よ》った。

そのまま暫《しばら》く好きにさせていれば満足したのだろう。ようやく満足げな笑みを浮かべた彼は、しかしすぐに不満を露《あらわ》に口を開く。

「熱あんじゃねッスか。回復薬とか飲んでみる？」

「あれって飲めるものなんですか？　それより、薬なら彼に渡してください」

リゼルが視線を向けた先には、未だ床に膝をつく奴隷の姿。

彼は激しい痛みに耐えながら眼球に埋まる鱗を引き抜き、溢れる血を押さえつけている。それが腕を伝い、肘《ひじ》から滴り落ちて床に血だまりを作っていた。

リゼル達が自らの話をしていると分かったのだろう。彼の顔がゆるゆると持ち上げられ、血のこびりついた鈍色の髪が揺れる。

「えー……」

「俺《おれ》は荷物とられてますし、駄目ですか？」

イレヴンはむにむにと頬を揉《も》まれる感触を堪能《たんのう》しつつ、お願いだと微笑むリゼルから拗《す》ねたように目を逸らした。視線の先にはジル、断ればリゼルは彼に頼むのだろう。

そちらのほうが簡単だというのに自分に頼むのならば、それはつまりこの場はこれで手打ちにしろという事だ。全力で嫌だが、体調の悪いリゼルをいつまでも此処に留めるつもりもない。

イレヴンは露骨に渋々と回復薬を取り出してみせた。嬉しそうに目元を緩めたリゼルを一瞥し、そして指で弾《はじ》くように瓶《びん》の栓《せん》を抜いて中身を奴隷にぶちまける。

「……────っっっ！」

「あっ」

呑み込みきれない悲鳴が上がった。

傷ついた目を強く押さえる姿に、リゼルは寄り添うように膝をつく。気遣うように背を撫でた。

「俺が使った事ないから忘れてました……大丈夫ですか？　傷は治ってるので、落ち着いて」

「う、ぅ……」

「イレヴン」

「回復薬渡せしか言われてねぇもん」

迷宮産の特殊なものは例外として、回復薬は治癒の際に強い痛みを伴《ともな》うのが普通だ。それこそ実際に傷を負った時以上の痛みなので、通常は最終手段として用いられる。

圧倒的な迷宮攻略速度により自然と宝箱の発見率も高く、更にはなかなか傷を負わないというのもあってリゼル達の持つ回復薬は全て迷宮産。敢えて市販のものを選ばずとも良いだろうにとリゼルが少しだけ咎《とが》めるように名を呼ぶも、イレヴンは悪びれない。

とはいえ彼にしてみれば回復薬を出しただけ上々だ。そう知っているので叱りはしないが。

「手、離せますか？」

無事なほうの瞳が涙を孕んでいるのに、リゼルは安心させるように微笑んだ。

指先でその目元を撫でてやる。そっとなぞるようなそれに、奴隷はコクリと一度だけ頷いてズキリズキリと痛み続ける目から手をどけた。

「あ、血は止まってますね」

「ん」

「ちゃんと見えてますか？」

コクリ、コクリと頷く姿に、大丈夫そうだとリゼルは立ち上がる。

肩から落ちそうになったジルの上着を引き寄せていると、見上げて来る鈍色の瞳が何かを言いたそうに揺れているのに気付いた。その唇が薄っすらと開き、すぐに噤《つぐ》まれる。

言いたいことがあるのかと、促すように首を傾けてみせた。奴隷は恐る恐るといった様子で、ゆっくりと唇を開く。

「クァト」

乞うように告げられた声に、リゼルは笑みを浮かべたまま何も返さない。

奴隷はぐぅ、と喉を鳴らしながらも、諦めきれず自らの従うべき相手を見上げた。必死な面持ちで、もう一度願う。

「名前……俺の、名前。クァト」

許さないでと告げた、それは彼の本心に外《ほか》ならない。

だが、それは決して邪険《じゃけん》にされたい事とイコールではなかった。いないように扱われたい訳ではない。許されるなら呼んでほしい。図々しい願いだとは彼自身、痛いほどに理解している。

「俺の荷物、持ってきてくれませんか？」

やはり駄目かと、目元を歪《ゆが》める姿にリゼルは苦笑した。

身をかがめ、手を伸ばす。血で頬にこびりついた髪をよけてやれば、奴隷はきょとりと目を見開いた。無意識なのだろう、その瞳がすぐに心地よさに細められる。

「君が戻るまで、ちゃんと待っています。だから、ね」

奴隷は――クァトは、弾かれたように顔を上げた。

傍にいる事を許されたのだと歓喜し、いそいそと立ち上がる。そわそわとリゼルを見て、向けられた微笑みに酷く嬉《うれ》しそうに表情を緩めた。

まるで肩の力が抜けたような、子供のような笑み。

「行く！」

「はい、お願いします」

踵《きびす》を返して駆けていく後ろ姿をリゼルは見送った。

そんなリゼルに、ふいに隣に立っていたイレヴンが肩を寄せる。

「で、何スかアレ。すっげぇ甘やかしてんじゃん」

「そうですか？」

赤水晶に不満を強く滲《にじ》ませる彼に、リゼルは思案するように自らも寄りかかる。

ちらりとジルを見れば、珍しくイレヴンに同意なのだろう。呆れの中に不信感を滲ませた視線を向けられ、確かに自覚はあるけれどと内心で呟いた。

「確かにな。実害出した奴に構ってやるような善人でもねぇだろ」

「否定はしませんけど」

リゼルはほのほのと告げ、耐えきれず軽く咳《せ》き込《こ》んだ。すぐに心配そうに窺《うかが》ってくるイレヴンへと大丈夫というように目元を緩め、うーんと考えるように口を閉じる。

何かを言い淀んでいるような様子に、珍しい事だとジル達から視線が向けられた。

「頭回んねぇほど辛いなら黙ってろ」

「いえ、そうじゃないんです。何て言ったらいいのかな」

リゼルの視線が、壁に磔にされたまま絶命している信者を見る。

思えば、のんびり話すには何とも場違いな場所だろう。ここで待っていると告げたからには待っているが。

「彼は元々、あの信者さん達に奴隷として扱われていたんです。洗脳とかもあったのかな」

「怖《こえ》ぇよ」

「奴隷とかマジで言ってんの？　変態じゃん」

「そうみたいですよ。本当に奴隷っぽくて驚きました」

ドン引きしているジル達に、やはり此方の世界でも奴隷に対する認識は似たようなものなのだろうとリゼルは頷いた。つまり、現実味がないということ。

それを実現させてしまったのも人を支配したがる支配者独特の発想か。

「リーダーだいじょぶ？　鞭《むち》で打たれて重い荷物運ばされたりとかした？」

「鞭は誰も持ってなかったです」

典型的な奴隷イメージを持つイレヴンに、安心させるようにあっさりと告げる。誰も入れない牢の中に居たのだ、ある意味物凄《ものすご》く安全だった。

「つうか信者って何だよ」

「シンコー？　ってやつ？　大侵攻のアレ関係だと思ったんスけど」

「そうですよ。支配者さんを盲目的《もうもくてき》に崇拝してる人達なので、そう呼んでみました」

言いえて妙だ。

特に驚きもしないジルもイレヴンも、ある程度は予想どおりだったのだろう。どこまで情報が揃ったのか擦り合わせてみるべきか、と思いかけてリゼルはそれを否定した。

どうせ、もう必要のない情報だ。それよりも、〝それがどうした〟という目で続きを促す二人の追及を何とかしなければと痛む喉に力を込める。

「で、それがリーダーに何の関係があんの？　ねぇじゃん」

「そうなんですけど」

「同情でもしたか」

「まさか」

挑発するような言葉も、今は戯れだ。

出会った頃ならば、返答を間違えれば二人はあっさりとリゼルの元を去っていっただろう。試すように寄越されていたそれも今は随分と少なくなったが、完全になくなった訳ではない。

とはいえ熱で弱っている所を狙うなんて性根が悪い、と吐息のような笑みを零す。

「でも、そうですね」

リゼルは悪戯《いたずら》っぽく呟いて、凭れていたイレヴンの肩から体を起こす。

「恥ずかしいから、今はまだ秘密です」

「ここまで話しといてズッリィ！」

「ちゃんと後で話しますよ」

イレヴンのブーイングに可笑《おか》しそうに笑い、リゼルはジルの上着に首を埋《うず》めた。首回りが酷く寒い。その姿に、訝《いぶか》しげな顔をしていたジルも諦めたように溜息をつく。

その時だ。裸足《はだし》が石畳を叩く音が徐々に近づいてくる。

「あ、帰ってきましたね」

「どうすんだよ」

「ひとまず連れていきます。仲良くとまでは言いませんが、あまり大喧嘩《おおげんか》しないように」

喧嘩のくだりでイレヴンへ目配《めくば》せを送れば、にっこりと軽薄な笑みが返ってきた。

リゼルも自分を心配してくれている気持ちも、それ故にクァトへ怒りを抱く気持ちもきちんと理解している。嬉しくも思っているからこそ、その気持ちを無視したりはしない。

だから今はそれで良いと、結局返事のなかったイレヴンへと何も言わずに微笑んだ。軽薄な笑みが満足そうなものへ変わるのを見て、対応として間違ってはいなかったらしいと悟る。

ちなみにリゼルがイレヴンの扱いを間違えた瞬間クァトは死ぬ。責任重大だ。

「つかニィサンはスルーなの何で？」

「ジルは大丈夫です。弱い者苛《いじ》めしないので」

「えー、過大評価ァ」

「うるせぇ」

話している間に、荷物を手にしたクァトが駆け寄ってくる。

彼は何故か微妙にジルやイレヴンへと逃げ腰になりつつリゼルへと近付いた。そして、まるで壊れ物を扱うかのようにそっと差し出されたのは、間違いなく取り上げられていた上着とポーチ。

「持ってくる。来た」

「有難うございます」

リゼルは借りていた上着を脱ぎ、それを隣に立ったジルへと返す。自らの上着を身に着け、そしてポーチを受け取って腰に巻こうとしたところで横から奪われた。

どうやら持ってくれるようだと抵抗せずに見送れば、当のジルに再び彼の上着を頭から被《かぶ》せられる。

「着てろ」

「あったかいです」

リゼルは遠慮なく借りた上着を羽織った。寒気の続く身としては非常に有難い。

「じゃあ、そろそろ行きましょうか。ジル達は何処から入ってきたんですか？」

リゼルが把握《はあく》しているのは、地下通路の何処かから牢屋へと向かう道筋のみ。

攫われた路地裏から地下通路内までは目隠しをされていたので出入口の場所も分からず、脱出するには何の役にも立たないだろう。草木の香りがしたから森を通った気がする、程度だ。

信者らの目的を考えれば、此処が何処なのかは想像がつかなくはないが。

「俺は森」

「王宮」

「は、王宮？」

「壁越えて入ったから場所はよく分かんねぇ。どっかの裏庭の隅《すみ》だった」

やっぱり、とリゼルは地下通路を見渡した。

「此処、王族用の脱出経路みたいですね。何かあったら王宮から森に抜けられるように」

勇猛果敢《ゆうもうかかん》なイメージのあるアスタルニア王族が、民を残して脱出する事態など恐らく今までに一度もなかっただろう。知る者も酷く限られ、滅多に人が立ち入らない。

思えば牢の中で出された食事も保存食のようなものばかりだった。もしかしたら、非常時を見越して蓄《たくわ》えられていたものを勝手に拝借したのかもしれない。綿密な計画の上に選ばれたのだろうが、大胆な事をする。

「イレヴンは早かったですよね、森にいたんですか？」

「森に隠蔽《いんぺい》魔法あんのは分かってたから。国ん中は捨ててそっち調べてた時に、ヘーカの魔力にぶん殴られた」

「それはすみません」

「……別にィ？　それ辿《たど》って見つけたようなもんだし」

本来、他人の魔力などよほど強大でもなければ気付かない。魔法使いならば慣れである程度の流れは悟るが、それでも離れれば分からなくなるのだ。

それにも拘《かかわ》らず、決して魔法が得意ではないジル達二人が入口を見つけられたのは知っているからだろう。自力で空間をこじ開けられる程の圧倒的な魔力を目の当《ま》たり《あ》にした事があるからこそ、魔力の源流を見つける事ができた。

「つかニィサン無断侵入じゃん」

「てめぇに言われたくねぇ」

「バレなかったんですか？」

「タイミング良かったからな」

ちなみにクァトはテンポ良く進む会話にきょろきょろとしている。

「タイミング？」

「王宮の上にでけぇ魔法陣が出て騒ぎになってた。一瞬で消えたみてぇだけど」

「何それ、誰も知らねぇ魔法陣ってこと？」

発動したのか、とリゼルは少し意外に思う。

なにせ纏《まと》め役だろう信者はその瞬間、リゼルの目の前にいたのだ。彼を外して使命を実行する理由もなく、本人もそれを良しとはしないだろう。

予想に過ぎないが、恐らく性能の良い魔力増幅装置が幾つかある筈だ。そこに魔力を溜め込んでいる状態ならば、吹き荒れる魔力にも被害は最小限で済んだだろう。それだけならば計画に大した支障はない。

「（功を急《せ》いた誰かが先走ったのかも）」

のんびりと考えながら、二人にも話しておこうと口を開く。恐らく興味はないだろうが。

「それ、たぶん信者さん達の魔法陣です。魔鳥騎兵団を粛清したかったみたいで」

粛清《しゅくせい》、それは攻撃と同義だ。

他国相手に喧嘩を売るなど面倒な事をよくやるものだと、リゼルの予想どおりジルもイレヴンも然《さ》して興味がなさそうに納得していた。彼らにとって信者らの目的や騎兵団の進退など、大して気に掛けるものでもないのだろう。

「じゃあ何でお前が攫われんだよ」

「俺も不思議なんですよね」

「やっぱ逆恨《さかうら》みじゃん。うっぜ」

粛清の妨害を阻止する為、という信者の言い分などジル達には思い浮かばない。

二人はリゼルがそれをしない事を知っている。それは善意でも悪意でもない。言ってしまえば今回の件は関わろうとした瞬間に周囲から〝何で？〟と思われるような案件で、そもそも誘拐《ゆうかい》がなければ気付かずに過ぎていく類のものだからだ。

参加が冒険者の義務であった大侵攻とは違うのだから、何が起ころうと他のアスタルニア国民と同じように成り行きを見守っただろう。信者らが全力で墓穴《ぼけつ》を掘っただけだ。

「なら森から出る？」

「いえ、王宮で。まだ騒ぎが続いてればバレなそうですし」

「何でだよ」

「ナハスさんに全力で看病してもらおうと思って」

リゼルとて久々にがっつり風邪をひいたのだ。

どうせ医者に診てもらうなら王宮に縁があるような優秀な医者が良いし、どうせ看病してもらうなら慣れた人間に看病してもらいたい。ナハスは絶対に看病が上手い。

「今回、俺は巻き込まれた側ですしそれで何とか……ちょっと弱いでしょうか」

全力で体調が悪い分、全力で回復しようと思考を巡らせるあたりがリゼルだ。

ジル達もさっさと休ませたいが、どちらにせよ誘拐を説明すれば王宮の保護は受けられる。宿主に優秀な医者を聞いて探してと走り回るよりは手っ取り早いだろう。

「行くならさっさと行くぞ」

「はい」

ジルに促され、ナハスの攻略法は向かいながら考えようとリゼルも足を踏み出そうとした。しかし、その足取りも何かを思い出したかのようにぴたりと止まる。

「そうだ、イレヴン」

「ん？」

何を言われるか分かっているのだろう、赤の瞳が弧を描いた。

「信者さん達、すぐ国外に逃げると思うんです。森側、頼んでいいですか？」

「捕まえりゃいい？」

「はい。殺しちゃダメですよ」

普段と変わらず微笑むリゼルに、何かを探るようにイレヴンの瞳孔が細く絞られる。

そして一瞬の後、彼はぱっと愛想の良い笑みを浮かべてみせた。

「りょーかい」

一言そう告げたイレヴンが、ひらりと手を振って逆の方向へと去っていく。

蛇のようにしなる鮮やかな赤が薄暗い通路の先に消えていくのを見送って、さて自分達も行こうかとリゼルは王宮への道筋を知るジルの先導で歩き出した。

その後ろで、クァトはどうすれば良いのだろうと足踏みする。置いていかないでと踏み出しかけた足が、ふっと振り返ったリゼルの瞳に縫《ぬ》い止《と》められたように止まった。

「どうしたんですか？」

向けられた言葉に、その顔をじっと窺った。

「行きますよ」

「！」

優しく手招くような声に、クァトがパッと顔を上げる。

いかにも〝嬉しいです〟といった空気をまき散らしながら駆け寄ってくる彼の姿を、ジルは横目で一瞥して呆れたように目を細めた。従属を強制する支配者など可愛いものだろう、相手の意志を尊重しながら自らを選ばせる男に比べれば。

ジル自身がクァトに何かを思う事はない。攫われた本人がその事を怒っていないのだから好きにすればいい。

深く深く心の底に落とし込んだ憤りも、ひとまずは晴らしているのだから。

「ちょっとぐらぐらします」

「抱えてやろうか」

「今抱えられると眠くなりそうなんですよね」

まだ寝たくないらしい、とジルは少しだけ歩くペースを落とした。どうせ限界が来ればリゼルから自己申告があるだろう。

そのまま熱を測ろうとするかのようにリゼルの額に手を翳《かざ》し、自然な仕草で一瞬だけ視界を遮る。リゼルがその意図に気付く事はない。数秒、目元を覆われながらも変わらず歩を進めていた。

「?」

数歩後ろを歩いていたクァトだけが、一瞬足を止めた。リゼルとジルが通り過ぎた通路の横、分かれ道のすぐ向こうに数人の信者の亡骸《なきがら》が散らばっているのを見付ける。

彼は人の原型を失ったそれをじっと見ていたが、不思議そうに目を瞬《またた》かせただけですぐにリゼルの元へと向かった。

118.

まるで独り言のように、艶《つや》のある声が静寂に零れる。

「成程、ね」

外の喧騒《けんそう》など届かない書庫の中、アリムは布の中で思案するように視線を流す。

しかしすぐに、目の前の椅子に座るリゼルへと戻した。今まさに王宮を襲った前代未聞の魔法陣の正体を教えてくれた相手は、なんとつい先程まで騒動の原因に監禁されていたという。

我らの国で好き放題してくれる。薄っすらと浮かべた冷ややかな笑みは、布に遮られ誰の目にも映る事はない。

「地下通路が何処から漏《も》れたのかも、探さなきゃ、ね」

アリムを除けば王と一つ下の弟、そして代々の王宮守備兵長しか知らない情報。機密性の高さ故に年に一度の点検でしか人の手は入らないものの、異常があった事など一度もない。

国を荒らした不作法者は随分と詳しく調べてきたようだと、推《お》し量《はか》りながら書庫の扉へと視線を向ける。

「かれ、知らない、かな」

「どうでしょう、目の前でやり取りされた事なら覚えてるかもしれません」

扉の向こうではクァトがリゼルが出てくるのを待っている。

アリムは彼の正体もすべて聞いた。流石《さすが》に王族の前に襲撃犯側だった相手を立たせられないと入室はリゼルの判断で控えさせた。今は見張りの兵に見守られながらぼうっとしているだろう。

ちなみに見張りは特別クァトの監視の為に用意した訳ではない。王宮の騒動に際し、各王族の護衛にと割り当てられた兵だ。よって座り込んだクァトの正体など知らされておらず、誰だろうと思いながら立っている。

「かれ、は」

アリムは布の隙間を縫うように、するりと片腕を差し出した。

その手を机に置いた本に乗せ、滑り落ちるように天板へ。何の意図もなく、自然に手首を彩る金の装飾が澄んだ音を立てた。

「かれは、先生、の？」

褐色の長い指を操り、牽制《けんせい》するように指先で優しく木目の美しい天板を叩く。

カツリ、と爪の音。しかしリゼルがその手元を見る事はなく、布越しにアリムの瞳を捉えながら
大丈夫だというように微笑んだ。

「彼には、迎えにいくまで良い子でいるように伝えてあります」

「うふ、ふ」

抑揚《よくよう》のない声で、しかし楽しそうにアリムは笑みを零した。

明確な答えではなかったが十分だ。王族としての立場上、アリムが国を脅《おびや》かそうとした者達と共

犯であったクァトを見逃す訳にはいかない。リゼルもそれは分かっている筈だ。

リゼルならばクァトの事を誤魔化《ごまか》そうと思えば幾らでも誤魔化せる。それをわざわざ連れてきたのだから裁けという事かと思ったが、迎えにいくと明言された。

ならば、重要な証言者として貸してくれるという事なのだろう。

「聞く限り、かれは自分から今回の事に関わった訳じゃなさそう、だし」

何せ奴隷だ。アリムはその点について驚く事なく受け入れた珍しいタイプだった。

「暫く拘束して釈放《しゃくほう》、ぐらいか、な。情報面で、協力してくれれば、だけど」

「後で言っておきますね。でも、あまり大した事は知らないと思います」

「良い、よ」

信者の上の元凶の名さえ出ればそれで良い、アリムは頷いた。

恐らくその存在が、最も信者達が隠し通そうとする部分だろう。その代わりそこの名前さえ出ればサルス相手の交渉で強気に出られる筈だ。

外交担当という役職を隠れ蓑《かくれみの》に遊び歩く弟は今何処にいるのだったか、そんな事を考えながら腰を上げる。

「じゃあ、国王《あいつ》にも報告してくる、ね」

元々、アリムは魔法陣の事を調べるよう言われていた。

実際に見てもいないうえ、一瞬すぎて誰も詳細には覚えていない魔法陣の事を調べろという無茶ぶり。思うところはありつつも、現れた影響から正体を測ろうと書庫の本をひっくり返していたのだがリゼルのお陰でそちらの目途《めど》も立った。

その報告ができれば対策も立てられる。魔法陣の影響を受け、異変の現れた魔鳥達への。

「あ、じゃあ」

「先生は、そのまま」

立ち上がりかけたリゼルを、アリムはその甘く静かな声で遮った。

隣に立つ男の上着を羽織っているという見慣れない姿に、何故と問いかけるほど察しが悪いつもりもない。

「おれのベッド、使っていい、から」

「その前に、やっておきたい事があるんです」

椅子に座っていたリゼルがゆっくりと立ち上がる。

その隣に座るジルは、その姿を視線で追うだけで止めようとはしない。アリムはその事を少しだけ意外に思いながら、真っ直ぐに向けられる視線を見返した。

「魔法陣、魔鳥に影響が出てるんですよね」

「そう、だね」

「多分、何とかできると思います。ちょっとだけ見てきて良いですか?」

微笑むリゼルに、しかしアリムは何も言わない。ただその言葉の真意を探る。

何せ、リゼルが出る理由がない。国に恩を売りたいと思うタイプでもなければ、国の危機を救う英雄志望というタイプでもない。王族としても、今回の件に冒険者を巻き込むのは避けたいところだ。

そう考えている事も分かっているだろうに、何故。純粋な疑問を以て問いかける。

「先生には、関係のないこと、だよ」

「そう。だから貴方が俺を利用してください」

あっさりと告げられた言葉に、ぱちりと一度瞬いた。

「殿下は、知ってるでしょう?」

何を、と言いかけた口を噤む。その唇は徐々に笑みを深めていた。

王宮にも優秀な魔法使いはいる。それこそ魔鳥騎兵団を魔鳥騎兵団たらしめる魔法を修めた者さえも。本来ならば、そんな彼らの意見を聞きながら解決策を探るのが一番の近道なのだろう。

だが、たとえ彼ら魔法使いがリゼルより優秀だとしても、リゼル以上にあの魔法陣に対抗できる者など存在しない。

『クエスチョンマークは、いらない』

あの時、そう告げた。ただ一人、騎兵団の根幹へと独力でたどり着いた人に。

『少しの間、使役《しえき》されました』

あの時、そう聞いた。ただ一人、支配者の魔法を身を以て理解した人から。

「きっと、これが最善だと思います。貴方にとっても、俺にとっても」

そして今、彼自身から現れた魔法陣がどういったものかを教えられた。

詳細に関しては予想でしかないと言っていたが、間違いなく大きく外れてはいないだろう。提案されたように、リゼルを利用する事が今のアスタルニアにとって最も有効な手段だという確信すらある。

微かに首を傾けて微笑むリゼルに、アリムは布を床に滑らせながら歩み寄った。

「一つだけ、ね」

向かい合うように立ち、見下ろす。

布から腕を伸ばしてすぐ隣にある机に掌を置き、徐々に体重をかけながら覗き込むように上体を傾けた。キシ、と机が軋む小さな音がする。

腕の分だけ広がった布から覗くアリムの首筋を、金糸《きんし》のような髪が一房滑り落ちた。それを目で追ったリゼルの瞳と布越しに視線を交わし、問いかける。

「先生の、あなたにとっての最善なんて、ある?」

話を聞く限り、体調不良を押してまで手を貸すメリットなどリゼルにはない筈だ。

そう結論付けたアリムはすでに、普通の王族からは外れた存在なのだろう。王族としての自覚を持ちながら、国とリゼルを対等に扱っているという事なのだから。

「勿論《もちろん》ありますよ。ナハスさん、その場にいるんですよね」

「そう、かな」

「なら、この事態が落ち着かないと看病してもらえませんし」

結局それかというジルの視線を流したリゼルが、これが一番の難関だとばかりに眉を下げる。

「誘拐されたの、怒られそうなので」

当然のように、だから恩を売っておきたいのだと堂々と告げられた。

アリムは微かに目を瞠《みは》り、そして堪《こら》え切れぬ笑みに机から離した手で口元を覆った。

つまり、リゼルにとってはイコールなのだ。一歩間違えれば他国からの侵略となり得る事態も、ナハスからの説教も、等価で扱えるものにすぎない。

「う、ふふ、ふふっ。そのとおり、だね」

「でしょう?」

「じゃあ、おれはもう少し、ここに居ようか、な」

声に笑みが滲むのをそのままに、アリムは布へと手をかけた。

幾重《いくえ》にも重なるそれを引けば、一枚、また一枚と頭上から滑り落ちていく。髪や首を撫でる感覚と共に開けていく視界の真ん中に、ぱちりと目を瞬かせるリゼルの姿があった。

初めて布を通さず目の当たりにしたその表情に、ゆっくりと唇の端を持ち上げる。

「これ、必要だよ、ね」

断定にも似た問いかけに返されたのは、褒めるように融《と》けたアメジスト。

それを甘んじて受け入れてしまう自身は、果たして未だ王族を名乗れるのだろうか。アリムは戯れるようにそう思案しながら、無理をしないでと告げてリゼルへと布を被せ始めた。


森の中、剝《む》き出《だ》しの土の上でイレヴンは退屈そうにしゃがんでいた。

器用にナイフを回す手元に視線を配る事は一切なく、欠伸《あくび》交じりに目の前に空いた穴を眺め続ける。

地面に埋め込まれるように隠されていた扉は今や全開となり、地下へと続く梯子《はしご》を露にしていた。

薄暗い内部へと差し込む木漏《こも》れ日に、まるで墓穴のようだと内心で戯言《ざれごと》を零す。

「(王宮着いたかな……大人しく休んでりゃ良いけど)」

いや、まだもう少し動くか。そう王宮へと向かった姿へ思い、深く息を吐く。

そもそも大人しく寝たいのならば、騒動の渦中《かちゅう》である王宮方面へなど向かわないだろう。この森側から出て、トコトコと宿へ帰り、パーティメンバー二人に看病されながらゆっくりと寝ればいい。

勿論、王宮医に診てもらいたいのも最高の看病を求めたいというのも本音だろう。だが、リゼルが動くにはそれだけでは弱い。

「怒ってたもんなァ」

ポツリと呟き、立ち上がる。

どうせリゼルの思考を全て読み解けるなどとは思っていない。今は言われたことをこなし、後で存分に甘やかしてもらえればそれで良い。

カン、カン、と誰かが梯子を踏みしめる音が近付いてきていた。

「はい一匹追加」

「ガッ!!」

それに、リゼルを怒らせた者を許すつもりも更々《さらさら》ないのだから。

荒く息を切らしながら地上へと現れた男へと、イレヴンは加減なく足を振り抜いた。男は、リゼルによって信者と称された集団の内の一人は、その衝撃で土中から地上へと投げ出される。

「ぐ、ゥ……貴様、何をッ」

「うるっせぇなァ」

気だるげな声と共に、まるで路肩の花を踏み潰すように容易く信者の脚を折る。

上がった悲鳴は堪えようとしたのか中途半端にくぐもり、魔鉱国《カヴァーナ》の歯車が稼働を止める間際の軋《あつ》音《おん》に似ていた。痛みに震える指先が地面を掻《か》き毟《むし》るのを退屈そうに見下ろし、イレヴンは折れた骨に乗せたままの靴底へ力を込める。

「ぎ、ア、あッ」

「きったねぇ声」

嘲《あざけ》るように笑い、しかしすぐに興味を失った。

殺してやると叫ばれ、恨みと憤《ふん》怒《ぬ》に染まった瞳を向けられようと何を思う事もない。それはありきたりで、特に面白味もなく、使い古された常套句《じょうとうく》のように右から左へ抜けていく。

その時、再び地下から顔を出す者がいた。長い前髪で瞳を隠した男だった。

「頭《かしら》、そいつで最後」

「あ？　聞き出した数と違ぇじゃん」

「奥のほうに四人死んでたんで。あれ一刀《いっとう》ですね、頭蓋骨はじけ飛んでんのもあったし」

平然と告げながら、男が軽い動作で穴から地上へと身を乗り出す。

イレヴンは不満を表すように信者の脚を踏みにじり、そして痛みに気絶しそうになっているのに気付いて力を抜いた。

「意外と落ち着いてんなと思ったんだよなァ。一人だけ憂さ晴らし済みとか、ずっり」

とはいえ、あのとにかく気が急いていた状況で遊ぶ余裕もないだろう。

だが邪魔な人間を憤りのままに一掃《いっそう》しただけにしては、普段のジルを思えば方法が随分と荒々しい。イレヴンがリゼルへの八つ当たりを危惧《きぐ》したのと同じものを、ジルも身の内に抱いていたのだろう。

「リーダーの前で出そうとしねぇあたり恰好つけだよな、ニィサン」

「恰好つけ損ねたんですか」

「俺？　頭ぶっとんでたから」

交わされる軽口《かるくち》に、イレヴンが踏みつけている信者が唸《うな》る。

「聞き出した……だと……ッ」

「そ。あいつらの……誰だったたっけ」

唇を笑みに歪め、イレヴンは足を引いた。

砕かれた脚では立ち上がる事もできず、信者がのたうつように地面の上で頭を起こす。探し物を教えてやろうと指さしてやれば、彼は誰が許されざる裏切り行為を働いたのかと憎しみを露にそちらを振り返った。

直後、血走った目を見開く。それは驚愕《きょうがく》からか、あるいは恐怖からか。死角となっていた出入口の後ろに彼が見たのは、木々に縛られ吊るされ磔にされ、見るも無残な姿となった同胞《どうほう》だった。

「ほらほらスマーイル！　嬉しいんじゃんね？　じゃあ笑えるじゃんね？　ねぇっつってんだろわーらーえーよーホラァ!!　聞こえてんなら笑顔で返事ィ!!」

「ど、どうして僕の言うこと、聞い、聞いてくれないの……っし、知ってる、僕のこと嫌いで、ゴミだって、あは、そう思って、あはは……ひ、酷い、僕はこん、こんなに頑張って」

信者に理解できたのは、全員が凄惨《せいさん》な拷問を受けているという点のみ。

師を裏切った罪を糾弾《きゅうだん》しようと開きかけた口は何も言えずに呼吸を乱す。罪など責められはしないと、崇拝を心に根付かせた信者へと一瞬でも思わせる程に残酷な光景だった。

「おい、アレ死にそう」

「あ、ホントっすね。回復薬もったいねぇなぁ……」

前髪の長い男が無駄遣いさせるなと文句を零しながら、何かを泣き叫びながらナイフを突き立てている男へと近付いていく。後ろから尻を蹴りつけ、呼吸が止まりかけている信者へと手にした回復薬をぶちまけた。

口を拘束されている筈の信者から凄惨たる悲鳴が上がり、森に響く。

「ッ何を、お前らは、一体何がしたい!!」

「憂さ晴らし」

気付いてみれば、そこかしこから潰《つぶ》れた悲鳴が聞こえていた。

地面に染み込んでいく血の匂い。笑い声。泣き声。何かを千切《ちぎ》る音。何かが落ちる音。あまりにもおぞましい狂気を孕んだ空間に、耐えきれず信者が叫ぶ。

その頭を、一瞥すらなくイレヴンは蹴り飛ばした。衝撃が足に伝わったのだろう、食いしばった歯の隙間から必死で呼吸を吐く信者を手元のナイフを弄《いじ》りながら見下ろす。

「魔物くんだろ、黙ってろよ」

クルリ、と掌の中でナイフが回った。

摑みなおした時にはその姿は何処にもなく、代わりに握られているのは別種のナイフ。飲みの席なら喜ばれる芸だろうが、頰を地面に押しつけながらそれを見上げる信者は恐怖しか感じない。

ナイフは異常に細く、幅と厚みが同程度のものだった。それを戯れるように手元で揺らし、イレヴンは唇の端を吊り上げた。それは絶対的な捕食者にのみ許される笑み。

「てめぇらさァ、師ってのをケーアイしてんだろ」

「ッ黙れ、貴様が軽々しく呼んで良いものではない！」

「はいはい大した忠誠心じゃんすごぉい」

激昂した信者が痛みも忘れ、大きく口を開いた直後。

イレヴンは地面に押し付けるように彼の頭を踏みつけ、固定した。屈辱に此方を睨み上げる片目と視線を合わせ、二股の舌で唇をなぞる。

「なら、そいつと同じ事できりゃ大喜びだよなァ」

振り下ろされたナイフが、信者の頰を貫いた。

口腔内を通り、反対の頰すら突き破り、先端がすぐ向こうにある地面を抉る。

「あが、あ、ぁッ」

「はい、猿轡《さるぐつわ》おそろい。良かったね」

がむしゃらに振り回される信者の両手を鬱陶《うっとう》しげに足で払い、イレヴンは既に次を取り出していたナイフからパッと手を離した。それが狙いどおり信者の腕に触れる瞬間、ナイフの底へと踵《かかと》を叩き込む。

腕ごと地面へと縫いつけられ、悲鳴を上げる信者の喉を蹴りつけ黙らせた。この程度で何を叫ぶ事があるのか。まだまだ始まりに過ぎないというのに。

「しっかり俺に感謝しろよ」

告げられた言葉に、信者が潰れかけた喉で叫ぶ。

師にも同じ事をしたのかと。許される事ではないと。必死で叫んだそれも、歪《いびつ》な呼吸音にしかならないが。

「笑顔で礼が言えたら、終わりにしてやるよ」

望むものを与えてやっているのだから当然だと、イレヴンは笑う。

此処にいる信者全員にそれを課している。何処かで潰れた笑い声がした。それも心が籠もっていないと誰より笑う男に一蹴《いっしゅう》されている。

そもそもが口実なのだ。師と同じ体験をさせてやると、そう告げたほうが長持ちするから告げているだけ。実際は各々、好きなように信者らを甚振《いたぶ》っている。

「つか良いんですかコレ。生け捕りっつう指示じゃねぇんすか」

「最終的に生きてりゃいいんだよ。リーダー俺に何かやらせる時は〝やり過ぎないように〟っつうし、それがねぇって事は好きにしろって事だろ」

「成程」

偉大なる師が乗り越えた試練を、自らも乗り越えなければならない。

そんな矜持《きょうじ》も、人を壊し慣れた者達の前では脆《もろ》いものなのだろう。あまり時間もないだろうからと、イレヴンは唇を歪めながら大ぶりのナイフを握りしめた。

アスタルニアの民にとって、魔鳥が地に落ちるという事は日常の崩壊に近しい。

頭上に響く羽音と共に地上を駆けていく影を追い、時折聞こえる鳴き声は海鳴りの音に似ていて、いつも空から国を守り人々を守っている存在。それらが地に落ちる光景を平常心で見られる者など、恐らくはいないのだろう。

「どうした、しっかりしろ……！」

齎《もたら》された異変に、ナハスは懸命に自らの魔鳥へと呼びかける。

魔法陣の出現と共に現れた異常、焦る心を無理やり落ち着かせ、しかし何もしてやれない不甲斐なさに歯噛みする。訓練場のそこかしこで同じような光景が見られた。

「俺がついてる、大丈夫だ、落ち着け！」

数歩先の蹲る魔鳥に近付けない。見慣れたパートナーの瞳は強い警戒を宿していた。

平穏を崩壊させ、国の象徴を踏みにじるような信者達による最悪の魔法。すでに消えているそれは、しかし確かな爪痕を残して騎兵団を混乱の最中へと突き落としていた。

「おい俺の相棒が産気づいたぞ！　世話係に藁《わら》を持ってこさせろ！」

「魔力布だ！　卵包む魔力布を準備しておけ！」

「よーし落ち着け、俺がついてるからな、大丈夫だ、大丈夫だぞ！」

「ちょ、待て、お前オスじゃなかった⁉」

大混乱だ。

皆自らの相棒を案じながらも、励ますように声をかけるだけで近付きはしない。なにせ産卵間際の魔鳥は気性が荒くなる。番《つがい》のオスにだって近寄らせない程に。

それぞれの騎兵団の目の前には羽を折りたたんで蹲り、プルプルと震えている魔鳥がいた。魔法陣が現れた直後、空にいたものもバランスを崩しながら地面に降り立ち、一切動かずプルプルしている。

「騎兵団《あいつら》は本当に魔鳥が関わるとバカだよなぁ……」

もしや他国の攻撃かと、警戒態勢で慌ただしい王宮守備兵の内の一人が呟いた。

魔鳥が万が一にも暴走しないように訓練場を囲むよう配備された彼らは、騎兵団のあまりの剣幕に口を挟めない。落ち着かせる行為自体は間違いではないので放置しているものの、そんないきなり産気づいてたまるかとも思う。

「本当ですよ、全く！」

ふいに守備兵の隣を一人の年若い少女が憤りを露に駆けていく。

恰好からして魔鳥騎兵団の見習い、つまり魔鳥の世話係だ。まだ見習いならまともなのかと納得しかけた守備兵は、少女の腕に大量の布が抱えられているのを見た。

「まず周囲を遮るように布で囲って落ち着いて産卵できる環境を整えてやらなきゃいけないっていうのに！　オロオロオロオロオロと役に立たない人達ばっかかだ！」

騎兵団には筋金入りの魔鳥バカしかいない事が判明した瞬間だった。

それで落ち着くなら良いけど、と真顔で頷くしかない守備兵の前で、魔鳥とそのパートナーごとにテキパキと布で囲われていく。訓練場に点々とできあがった仮設産卵場。

布の中からは相変わらず騎兵たちの励ましの声が響いており、大変シュールだ。

「ったく、魔法陣出した奴も何やりたかったんだか……」

守備兵はがりがりと首元を掻きながらため息をついた。

一見、ただの魔鳥の腹痛にしか見えない。国の要《かなめ》である騎兵団の魔鳥が異常をきたしたとなれば一大事の筈だが、そうは見えないのだから緊張感も薄れるというものだ。

阿呆な事する奴がいるもんだなぁと、そう呆れていた時。訓練場を向いて立つ彼の後ろから近付いた影が、騒動の渦中へと足を踏み入れる。

「不審者……ッ……ああ、何だ、アリム殿下か」

いきなり現れた布の塊《かたまり》に声を上げかけたが、すぐに口を噤んで見送った。

王宮を徘徊する布の塊の正体など一人しかいない。布の塊は気にすることなく、布の囲いの一つへと歩いていく。

「誰だ！　あ、殿下か。失礼しました」

「怪しい奴ッ……あ、違った。すみません、アリム殿下」

誰かとすれ違う度に驚かれながらも、布の塊は一つの囲いの中へ。

それを眺めながら守備兵は思う。いや、目撃した誰もが疑問を抱いただろう。アリムが来るのは良い。国一番の学者と名高い彼が不審な魔法陣の影響を調べにくるのは、何も不思議ではない。

しかしアリムが引き連れていた人物こそが、周囲にとてつもない違和感を抱かせていた。

「何で一刀が殿下と居んだよ。おっとりさんとじゃねぇの？」

リゼルは騎兵団以外のアスタルニア兵におっとりさんと呼ばれている。


「よーし、落ち着け、良いぞ。……そうか、お前も親になるのか」

その囲いの中では、今まさにナハスが自らの魔鳥へと声をかけているところだった。

一定の距離をとりながら、感情など存在しないかのようなパートナーの黒い瞳をじっと見る。そしてふと笑みを浮かべ、上げていた両手を下ろした。

「お前の子のパートナーは俺がしっかりと選んでやるからな、安心すると良い」

その後ろ、布の塊とジルは静かにそれを眺めている。

「そうだな、あの見習いの少女なんか判断が的確で良いかもしれん。いや、でも魔鳥の手入れが苦手だったな……子供がメスだったら綺麗にしていてもらいたいだろう、別の奴が良いか」

布の塊とジルは静かにそれを眺めている。

「世話係のリーダーなんてどうだ、いつも綺麗《きれい》にしているし体力もある。んん、だがあいつはお前らを過信しがちだからな……無茶な乗り方をして振り回されては大変だ」

布の塊とジルは静かにそれを眺めている。

「お、そうだ。去年現役を引退して魔鳥の訓練士になった奴はどうだ。大ベテランで魔鳥の扱いも上手いぞ。ただ以前、やんちゃな小鳥の相手はもうできないと笑っていたし」

布の塊とジルは静かにそれを眺めている。

しかし身振り手振りで「ベテランかな」「いや若いほうが」と話している。

「俺が育ててやれたら……いや、俺にはお前が一番だ！　信頼できる相手を必ず探す！　だから安心して産ッ」

意味もなく勢いよく振り返ったナハスは、いつの間にかいた存在に気付いて固まった。数秒の沈黙。ナハスは非常に居たたまれなそうな顔でその沈黙を壊す。

「いつから居た!!」

「『そうか、お前も親になるのか……』ってナハスさんがしみじみしたところからです」

「やっぱりお前か！　殿下はどうした！」

羞恥《しゅうち》からか、いつになく激しい追及にリゼルは布の中で可笑しそうに笑った。

確かにアリムとリゼルとでは身長差が目立つ。やはり分かってしまったようだ。

とはいえ基本は引き籠もりのアリムなので、リゼルがこの格好でふらついていてもバレはしないだろう。リゼルと交流があり、その流れでアリムと接点を持つ事になったナハスだからこそ気付けた。

「殿下はまだ書庫にいます。布だけ貸してもらいました」

ちなみに布を被るにも順番があるらしく、アリム自らがせっせと着付けてくれた。何らかの魔法効果があるのだろうが、リゼルもまだ魔力布に関しては勉強中。今のところは何故か布越しでも周囲が見えるのと、思っていたよりは軽いという程度しか分からない。

「布をとった殿下は、何というか予想どおりでしたよね」

「予想どおりだったな」

「意外性はないですよね」

「ないな」

地味に気になったのだろう。一瞬黙ったナハスが、すぐに我に返ったように口を開く。

「いや、そんな事より何故ここにいるんだ。危ないぞ、書庫にでも避難していろ」

「魔鳥の様子を見にきたんです。でも、まさかの産卵騒動で驚きました」

「アホかと思った」

「俺達が本当に産卵だと思ってる訳がないだろう！」

とてもそうは見えなかったが。

真剣に生まれてくる小鳥のパートナーを選ぼうとしていた姿はしっかり目撃済みだ。リゼル達の物言いたげな視線が注がれるなか、ナハスはぐっと喉を詰まらせる。

「まぁ、多少は混乱していた事も否定はしないが……」

彼はそこで言葉を切った。

自身のパートナーに気を配りながらも、自らを落ち着けるように息を吐く。

「……御客人《パルテダ》が俺に聞いた事があるだろう。〝人を傷つけた魔鳥はどうなるのか〟、と」

それは王都からアスタルニアへ向かう道中でのこと。

騎兵団という制度、ひいてはそれを確立させる魔鳥という存在に酷く興味のあったリゼル。そして魔鳥語りがしたいナハスとの思惑が見事に一致し、時間があれば両者ともに嬉々として質疑応答を繰り返していた。

その最中《さなか》、一度だけ出た話題だ。答えにくい質問だっただろうに、ナハスは苦笑しながらも曖昧《あいまい》にする事なく答えてくれた。

「処分は免《まぬが》れない、でしたね」

「ああ」

他ならぬ騎兵達がそれを受け入れているのだ。

それに対し、リゼルに何かを言う権利などない。きっと他の誰だろうと持ち得ない。

「こいつが変になったのは、一瞬見えた魔法陣の影響なんだろう。今はうずくまって震えてるだけだが、いつ何が起こって暴れるか分からない」

だからこそ布を使って外部から遮断する。何が起こっても、中が見えないように。

たとえ魔鳥が暴走して自らのパートナーを傷つけても、それを周囲が目にしないように。

「隠す理由は？」

布の中で、リゼルは微かに微笑みながら問いかけた。

その笑みがどこか敬意を孕むのは、返ってくる答えが分かっているからだ。真っ直ぐに向けられたナハスの瞳は強く、強く覚悟を決めている。

「こいつに向けられるものは最後まで、尊敬と愛情であってほしいからだ」

人を傷つけた魔物としてではなく、アスタルニアの守護者としての最後を。

どこまでも相手の尊厳《そんげん》を守ろうとする言葉だった。魔鳥を庇護《ひご》すべき対象ではなく、肩を並べる相棒だと誰より誇っている騎兵団だからこそ、彼らはその時になれば迷わず選ぶのだろう。

己の役目に信念を持ち、決して楽な選択肢に逃げようとはせず、だからこそその時が来ないよう最後まで抗って。

「貴方は強い人ですね」

「口だけだ、こんなもの」

苦笑に緩む口元を、ナハスが手で覆うように隠した。

「それより、これで分かっただろう。早く書庫に戻って布を返してこい」

布自慢の為だけに来たと思われている。

今の状況での物見遊山《ものみゆさん》をアリムが許す筈がないだろうに。リゼルは失礼なとそれを否定し、ごそごそと前面の布をかき分けた。

幾重も重なる布、別々に作った隙間から両腕を出してジルへと伸ばす。

「ジル、魔石《ませき》もらって良いですか？」

「どれだよ」

「人魚のやつです。踏破《とうは》報酬の」

「ああ……」

そんなものも有ったな、というようにジルが取り出したのは巨大な魔石。

大きさは人の頭よりはやや小さい程だったが、魔石としては異例の大きさを誇る。もし売りに出せば金貨数百枚にもなるだろう代物だった。

魔石としての質も孕む魔力量も規格外。そんな魔石を片手で軽々と握っているジルは、差し出されたリゼルの両手にそれを乗せた。

「落とすなよ」

「はい」

手を離そうとしたジルだったが、離した瞬間にガクリと下がった両手を咄嗟に支える。

触れた手は相変わらず酷く熱を持っていた。だが取り上げはせず、好きにしろと言うようにゆっくりと支えを外す。

「落とすなっつってんじゃねぇか」

「思ったより力が入らなくて。もう大丈夫です」

魔石といえど石には変わりない。大きさに相応《ふさわ》しい重さがある。

今度こそしっかりと魔石を支えたリゼルは、内心で〝もう一度筋肉痛になったらどうしよう〟と密かに心配していた。熱の関節痛もある身としては死活《しかつ》問題だろう。

「何をするつもりだ、御客人。見た目すごく怪しいぞ」

そんなリゼルを、ナハスが魔鳥を落ち着かせながらも胡乱《うろん》な眼差しで凝視していた。

布の塊。そこから覗く両手。そして両手に持つ半透明の球。誰がどう見てもまごうことなく怪しい占い師。逆にそうでなければ詐欺《さぎ》だと訴えたくなるほど怪しい。

「魔鳥をどうにかしようと思いまして」

「占いでか⁉」

「占い？」

しかしリゼル自身に自覚はない。

「貴方の予想どおり、今の状況は例の魔法陣が原因です」

「それは……そうだろうな。一体何がしたくてこうなったのかは分からんが」

「支配したかったんですよ」

リゼルの言葉にナハスが顔を顰める。

それもそうだろう。愛するパートナーを他者に好き放題されて、平常心でいられる筈がない。

「騎兵団の根幹となる魔法を上回りたい……上書きって言えば分かりやすいでしょうか」

「そんな簡単に上書きできるようなものじゃない筈だが」

「相性の問題ですし、これればかりは仕方ないでしょう。ただ命令を聞かせるだけなら、友好を築くより支配するほうがよほど簡単です」

友好も、支配も。使役魔法においてどちらが優れているか、というのはない。

どちらもそれぞれに長所や短所があり、優秀な魔物使いなどは上手く使い分ける事もある。ただ大元にあるのが支配なので、そちらのほうが手間がかからないというだけだ。

勿論友好に重きを置けば、手間はかかるが命令に応用が利く。どちらに特化するかは魔物使いの好みと言うしかない。

「なら、こいつは支配されてっ……いや、それはないか」

「そうですね」

一人納得したナハスに、正解だというようにリゼルも頷いた。

完全に支配されているのなら、騎兵団を騎兵団たらしめる魔法は消失している。魔物は人に情など抱かない。どれだけ同じ時を過ごしたパートナーが相手でも、互いを結ぶ魔法を失えば途端に襲いかかる事だろう。

「今は、騎兵団の魔法と魔法陣の魔法がごちゃごちゃに絡み合った状態でしょうか。魔鳥もどうしていいか分からず、プルプルしてるんでしょう」

リゼルは手に持つ魔石を指先で撫でながら、ゆるりと微笑んだ。

「少なからず攻撃衝動はある筈なのに、耐えているのは貴方達の絆《きずな》があるからです。落ち着いたら、たくさん褒めてあげてください」

目を見開いたナハスが誇るように笑う。

一方でジルは〝布の塊じゃなけりゃ良いこと言ってんだよな〟と思っている。台無しだ。

「その絡み合ったっていうのが、ちょっと厄介なんですよね……」

ふいにリゼルが魔鳥を見つめながら呟いた。

先程から一度もその視線は魔鳥から外れていない。手元では魔石が薄っすらと光っている。そういえば先程から何度か光っていたなと、ナハスは怪訝《けげん》そうに問いかけた。

「どうしたんだ？」

「被せられた支配を外そうとすると、騎兵団の魔法まで取れそうで……えーと、こうかな」

「な……ッお前は！」

ナハスは口調を荒らげかけ、絶句する。

決してリゼルを邪険にしている訳ではない。だが誘拐の件を知らない彼にとって、リゼルは今回の件とは全く関係がない相手なのだ。巻き込むわけにはいかなかった。

しかし、リゼルの恰好の意味に気付いてしまった。アリムに扮しているのは、リゼルはリゼルとして関わらないということ。アリムが快《こころよ》く布を貸したというのなら、外でもないアスタルニアの王族がそうする事で国の利益になると判断したという事だ。

「（……気付く奴は気付くだろうが）」

ナハスがジルを窺えば、微かに眉を寄せたガラの悪い視線を返される。

居場所などリゼルの隣しかないと言わんばかりの男を引き連れていては、意味などないのではと思ってしまう。大切なのはリゼルが直接見られない事なのだから良いのだろうが。

「やっぱり俺じゃ全然魔力が足りないなぁ……魔石から引き出す、よりは媒介にして増幅……あ、こっちのが良いかも」

「お前その恰好でブツブツ言ってっと凄《すげ》ぇ怪しいぞ」

「え？」

ナハスは色々と言いたい事があったが何とか堪えた。

騎兵団の魔法を知っているような物言いは何なのか。そもそも空に現れた魔法陣の意図を何故知っているのか。アリムの姿を借りるならもう少し胡散臭さを何とかできないか。その他もろもろ。

「もう俺にはよく分からんが」

「はい」

ナハスは色々と考えすぎて頭痛を起こす頭を押さえ、仕方なさそうに笑った。元々、頭を使うのが得意なタイプではないのだ。

「俺よりよっぽど先が見えるお前が、全て納得して動いているなら、それで良い」

自らのパートナーを助けてくれるのだろう。同じ状況に陥《おちい》った同胞も救ってくれるのだろう。ならば、それで良かった。それだけがナハスの何よりの願いだった。

沸き起こるのは深い感謝と、安堵。それらをすべて込めて、彼はそれを口にする。

「頼めるか？」

「勿論です」

その布の向こう側にある穏やかな微笑みを想像させるような、柔らかな声。

同時に魔石の宿す光が強まった。ふわり、と幾重にもなった布が揺れる。

「だから、ナハスさんも断らないでくださいね」

「？　何をだ」

魔石の表面に幾つもの魔法陣が現れ、重なり、溶け込むように消えていた。あまりにも緻密《ちみつ》な魔力構築、同時構築、構築済み魔力の保持、それらを幾度も繰り返す。

だが見る者が見れば感嘆の息を零すだろうそれも、魔法に詳しくないジルやナハスには全く理解ができなかった。見た目はただただ全力で怪しい占い師だ。

「この後、ナハスさんに全力で看病してもらおうと思ってるんです」

告げられた言葉に、ナハスは唖然《あぜん》としながら布の塊を凝視した。

「……具合が悪いのか？」

「見てのとおり、すごく悪いです」

「見えんが」

「我慢してます」

「いや、布でだな……」

リゼルの言葉を疑う訳ではないが、言わずにはいられなかった。

返答が微妙にずれているあたり、相当具合が悪いのだろうか。いや、素か。我慢ができているならば今すぐ倒れる訳ではなさそうだが。

ナハスは布の塊を上から下まで眺め、震える魔鳥に視線を戻しながら力強く頷く。

「看病ぐらい幾らでもしてやる。頼んだ側が図々しいかもしれんが、無茶はするなよ」

「図々しいなんて思いませんよ。それに、これは個人的な仕返しでもあるので気にしないでください」

「仕返し？」

あまりにもリゼルのイメージから外れた単語だ。

疑問を抱くナハスとは逆に、ジルはというと何かを察したようにリゼルを見る。

ジルはイレヴンとは違い、決定的な場面を見てはいない。ただリゼルの、波風立たない静寂の湖面を思わせるような心が揺らいでいる。そんな印象は抱いていた。

だからこそ今も好きにさせている。端的に言えば〝さっさと憂さ晴らしして寝ろ〟だ。

「……おい、まさか魔法陣を出した奴を知ってるのか⁉」

「知ってるっていうか……」

うんうんと魔石に向かって何やら作業をしていたリゼルが、パッと達成感に満ちた顔を上げた。

「その人達に監禁された所為で、風邪を引いたんです」

直後、震えていた筈の魔鳥が大きく羽ばたいて空へと飛び上がった。

その後、周囲の面々が目撃したものはというと「そういうのは最初に言え！」などと憤るナハス、怪しい占い師と化した布の塊、そして一刀という謎の三人組が布の囲いから囲いへ移動しては魔鳥を飛び立たせていくという、イリュージョンもびっくりな光景であった。


全ての魔鳥の妊娠疑惑を解消した後、リゼル達は書庫へ戻ろうと王宮の廊下を歩いていた。完全に事態の収拾は付いていないものの、表向きはアリムの護衛としてナハスも同行している。

そして未だ騒がしい訓練場を後にして、人通りのない通路に入った時だ。

「もう駄目です」

「だろうな」

リゼルは立ち止まり、気力だけで動かしていた体から力を抜いた。

後ろへと倒れるだけの体は、隣を歩くジルによって危なげなく支えられる。背中に回された腕に遠慮なく凭れながら顔を覆う布を掻き分け、はふりと息を吐いた。

「んー……頭が痛くてくらくらします」

「あんだけ魔法使やそうなんだろ」

「そうなんですけど」

抱えるぞ、と声をかけられると同時に体が浮く。

完全にされるがまま、リゼルは光のチラつく瞳を閉じた。正直、まだ歩こうと思えば歩けるだろうが楽に越した事はない。

「眠《ねみ》ぃの」

「いえ」

至近距離から零された、低く微かに掠れた声。

応えるように小さく首を振り、目の前の首筋へと頭を預ける。今は自らのほうが確実に体温が高いだろうに、触れた肌は何故か温かかった。

断続的にめまいを起こす頭が重い。しかし伝わる体温に、不思議と少し楽になった気がした。

「熱が高そうだな……殿下に王宮医を手配してもらおう」

案じるような声に、リゼルはふと瞼を持ち上げてナハスへと視線を向けた。

リゼルから剥がした布をジルに渡されている彼は、その視線に気付くとどうかしたのかと目元を和らげてくれる。看病を頼む甲斐があるというものだ、対病人用の優しさが全開だった。

『そういえば、皆さん魔鳥に名前って付けないんですね』

ふと、魔鳥に対して色々と質問していた時の事を思い出す。

正直、理由は想像がついていた。それでも質問をしたのは、それに対して騎兵団がどう考えているのかを知りたかったからだ。

『まぁ、そうだな』

あの時のナハスは、困ったように笑っていた。

『情が湧くだろう。いざという時に、な』

リゼルの本質は貴族だ。

貴族としての彼は、誇りを胸に己を律し、国に尽くす人間を好ましく思う。休暇中だろうが、知人であるナハスが最悪の事態に陥らないようにと手を貸すぐらいには。

いざという時が来なくて何よりだと、小さく微笑む。

売れるだけの恩は売ったのだし、後はのんびりと看病されようと力を抜いた。今なら何でも願いを叶えてもらえそうだ。

「他に何か欲しいものはあるか？　そうだ、薬を飲むのに何か腹に入れないといかんな」

「シャワーを浴びたいです」

「悪化するから止めろ！　後で髪と体は拭《ふ》いてやる、それで我慢するんだぞ」

そんなに甘くないかと残念そうなリゼルを見下ろしたジルが、呆れたように溜息をついた。

119.

アスタルニアの白亜《はくあ》の王宮。

その中でも立ち入る者の少ない場所にある書庫。その更に一番奥にひっそりとある扉。それを潜った先にあるのは、書庫から出歩かないアリムの為の生活スペースだった。

特別広くはないものの、王族が使うことを想定されて作られているので備え付けられたものは一級品。ベッドは美しい刺繍《ししゅう》の施された布が惜しみなく飾られ、最上級の寝心地を約束する。

「はぁ……」

そんな、アリムによって惜しみなく与えられたベッドに体を預け、リゼルはふはふと体調不良と戦っていた。

「さっぱりです」

「そりゃ良かった」

熱い頬を冷ますようにサラリとした枕に頬を滑らせ、傍に腰掛けるジルを向く。

蒸したタオルで丁寧に拭われ、しっかりと水気を払われた髪が枕の上をするりと滑った。見上げた先のジルは枕元に置いた椅子に腕を組みながら座り、こちらを見下ろしている。

「ジル」

「何だよ」

体ごとそちらを向こうかと思ったが、力の抜けきった体はなかなか動いてくれそうになかった。

しかし髪同様に拭ってもらった体はすっきりとしており、着替えも済んでいる。

元は着替えでも何でも世話を焼かれるのが日常であったのだ。リゼルは当たり前のように世話を焼こうとするナハスへと全て丸投げした。全く仕方がないと言いながらも甲斐甲斐《かいがい》しく看病してくれた彼は、流石に騎兵団副隊長として色々と忙しいらしく今はいない。

「どうした」

ふいにジルが手を伸ばし、汗ばんだ額をなぞって張りついた前髪をよける。

気持ち良さそうに目を細めるリゼルを見下ろして、特に用がある訳ではないのだろうと膝の上に肘をついた。

「寝ろよ」

「もう少し」

ジルの言葉に返されたのは、吐息のように零された笑い声。

珍しく掠れたそれが、外の騒動から隔絶された静寂にぽつりと零れる。熱に浮かされた瞳は水分を孕むが知性の色を失わず、荒い呼吸を絶やさない唇も薄っすらと開いているが力なく広げられる事がない。

体調を崩しながらも清廉さを失わない相手に、育ちが良い事でとジルは内心で呟いた。

「薬、飲んだでしょう？」

「ああ」

「ぽかぽかしすぎて、目が覚めちゃって」

事前に頼んでおいたお陰もあって、リゼルをベッドに寝かせたナハスはすぐに医者を用意してもらえるようアリムに掛け合ってくれた。むしろアリムが既に話を通してくれていた。

お陰でリゼルは期待どおりに王宮付きの、更に普段から王族を診《み》ているような優秀な医者に診てもらえた。その医者の出した結論が〝ごっつい風邪〟、安静を言いつけられて薬も出されている。

朝夕に飲むようにと渡されたそれは、どうやら何種類ものスパイスが混ぜられていたらしい。結果、今のリゼルは凄く体がぽかぽかしている。

「その内、強い眠気がくるらしいし、それまで」

「そうか」

寝られるなら寝たほうが良いだろう。

だが自己管理ができない歳でもないのだし、本人もそれを分かったうえで起きているのだ。ならば好きにすれば良い、とジルは頷いた。それが分かっていながら世話を焼かずにはいられない男の内の一人、ナハスは「早く寝ろ」やら「水分をとれ」やら「暖かくしろ」やら色々と言い残していったが。

そうしてぽつりぽつりと話している内に、ふいにリゼルがふるりと震える。

「寒ぃの」

「んー……どっちも、です」

「暑くて寒ぃ？」

「ん」

どうやら眠くなってきたようだと、ジルはぼんやりと頷くリゼルの毛布を肩まで引き上げてやる。

熱を測るようにその手を薄っすらと赤い頬へあて、ゆっくりと首元へ滑らせた。

汗ばんだ首筋を少しも不快に思う事なく覆う。掠れた喉を癒《いや》すようにそのままでいれば、熱の籠もった吐息を飲み込むように喉がコクリと上下するのが伝わった。

「水は？」

「……欲しいです」

落ちようとする瞼を耐えながら零された返答に、ジルはサイドテーブルに用意された水差しを手に取る。眠気は医者の言葉どおり強烈なようで、やはり随分と優秀な医者だったのだろう。王族相手にそれ程に強い薬を扱えるという事はそういう事だ。

「起きれるか」

「ど、うでしょう」

細かい意匠《いしょう》のこらされたグラスに冷水を注ぎながら問いかければ、リゼルがもぞりと動く。上体を起こすようにベッドへと押し付けられた掌が震えているのを見て、無理そうかと空いている手を伸ばした。

わずかに浮かんだ背に腕を差し込み、薄い肩を抱きながらゆっくりと起こしてやる。

「これでさっきまで動けてたんだからな」

「根性です」

根性論とは無縁の男だろうに、貴族というのも大変だ。ジルは鼻で笑いながら大人の男一人の体重を片腕で容易に支えてみせた。

先程まで熱があるとは感じさせずに動いていたし、今もやろうと思えばできるのだと知っている。しかしジル自身がそれを望まず、そしてリゼルも楽なほうが良いのでわざわざ取り繕《とつくろ》う必要はない。

「零すなよ」

ジルは差し出された手に、静かにグラスを触れさせた。

熱と薬による眠気で力の入らない手元は酷く危なっかしい。傾いたグラスの底を支えてやりながら、こくり、こくりと少しずつ喉を潤していく姿を見下ろす。

そして唇でグラスに触れたままのリゼルの瞳が此方を窺い、礼を言うように細められた。

「ん……」

「良いか？」

うとうとと頷いたリゼルの手から力が抜けるのを感じ、グラスを引く。

冷たい水の余韻に浸るように肩を落とし、そしてくたりとその首が傾いた。一房、二房と髪が流れ、露になった首筋を何となく眺めながらゆっくりとその体を横たえた。

「……ねむくなってきました」

「寝ろ」

ぽふりと枕に頭を置き、耐えていた瞼を落としていくリゼルに短く告げる。

短いそれに誘われるように紫の虹彩《こうさい》を隠した瞼が、グラスを置く音に一瞬ふるりと震えた。気付いたジルが促すように目元を覆ってやれば、少しの間だけ掌をまつ毛が擽《くすぐ》る感触。しかし、それもすぐに止む。

静かに手を持ち上げれば、少し呼吸を乱しながらも深く寝入った寝顔があった。

「………」

牢屋にあったベッドは随分と粗末なものだったし、状況を思えば流石のリゼルも熟睡まではできなかっただろう。気の済むまで寝れば良いと、椅子の背に凭れて腕を組む。

そして、ジルもまた目を閉じた。ここ最近、まともな睡眠をとれていなかったのは恐らくリゼルよりも彼なのだから。

リゼルが気を失うように眠りにつき、ジルが目を閉じてから暫く。

掠れた喉を通る喘ぐような呼吸音だけが聞こえる部屋に、音もなく立ち入る影が一つ。赤い髪を揺らしながらベッドへと歩み寄り、枕元でしゃがみ込んだ。

ベッドへと凭れかかるように腕を乗せて顎《あご》を預ける。微かに沈んだベッドにも目を覚まさないリゼルを横から見つめ、そっと手を差し伸べた。

「…………可哀《かわい》そ」

イレヴンはリゼルの額を覆っている布をつまみ、テーブルへと放る。

彼が訪れる少し前、きちんと寝ているか様子を見にきたナハスによって乗せられた布。冷たい水に浸《ひた》され、適度に絞られていたそれはすっかりと温《ぬる》くなっていた。

代わりというようにイレヴンの手が額を覆う。元々体温の低い彼にとって、今のリゼルの体温は驚くほど高い。

「……だいじょぶ？」

囁《ささや》くような声に、当然ながら返答はない。

熱の移りきった布よりは心地良いのだろう。ぴくりと瞼を震わせたリゼルだが、すぐに落ち着いたように寝息をたてている。

「起こすなよ」

「しねぇよ」

ぽつりと寄越された声に、イレヴンはそちらを見る事なく答えた。

互いに囁くような小声であるのは、目の前で眠るリゼルの為に外ならない。

「医者、何て？」

「風邪だと。寝てりゃ治るそうだ」

「ふぅん」

ジルが放られた布を手に取る。

彼は椅子で眠りながらも、ナハスが部屋に入ってきて色々とリゼルの世話を焼いていたのには気付いていた。よって然して疑問も抱かず、用意されている水桶《みずおけ》へとそれを沈めて指先で掻き交ぜる。

その眉間の皺《しわ》が、ふと深まった。

「鉄臭ぇ」

呟きに、ようやくイレヴンがジルを向いた。

全く悪びれる事なく、此処にはいない誰かを痛烈に嘲っているかのように笑う。

「マジで？」

「もっとマシなやり方しろよ」

「返り血なんて汚ぇモン浴びてねぇんだけど」

イレヴンは自らの掌をスンッと嗅いでみる。

しかし鼻が慣れてしまったのだろう、特別鉄臭さなど感じなかった。とはいえ、たとえリゼルが起きていようと恐らく気付かなかっただろう事を思えば、気付けるジルが異常なのだ。

獣人《じゅうじん》でもない癖にと唇を尖らせ、背中を流れて絨毯《じゅうたん》にとぐろを巻いている自らの髪を持ち上げる。そちらも匂いチェック。

「派手に食い散らかして少しは気ぃ晴れたか」

「んー……まぁまぁ」

言われてみれば微かに匂いがついている気がする、と握った髪を離す。

どちらにせよリゼルが分からなければそれで良い。額に乗せていた掌を持ち上げた。

「つかニィサン何人か潰したっしょ。俺は殺すなっつわれたのにさァ」

「悪ぃか」

「べっつに。ぜってぇリーダーはニィサンのこと怒らねぇじゃん、良いんじゃねぇの」

顔を残しておいてくれないと面倒だの、片付け面倒だから放置してきただの、ブツブツと呟くイレヴンの背中に軽い衝撃。ジルの爪先《つまさき》に蹴られたのだ。

リゼルが寝ているのだから静かにしろというのだろう。しかし、と不満げに眉を寄せる。

寝て早く良くなってほしい。しかしそれと同じくらい、起きて自分を甘やかしてほしい。そんな矛盾した思いを孕んでしまったのだから仕方ない。

「起きてる内に戻ってくりゃ良かった」

甘く優しい瞳を思い出しながらベッドに頬を乗せる。

イレヴンとて、ただ喜び勇んで信者達を甚振っていた訳ではない。いや、リゼルが精鋭と呼ぶ面々は楽しんでいたかもしれないが。とはいえ捕まえろと言われたからには、兵士か誰かが引き取りにくるのを待たなければならなかった。

魔物避けは焚《た》いていても放置して魔物に食われては意味がない。その暇潰しに鬱憤《うっぷん》晴らしをしていただけだ。

「俺に文句言うぐらいなら生きてんだろうな」

「生きてはいる」

含みの多い一言。

しかし、ならば良いとだけ頷くジルにイレヴンもにんまりと唇を歪ませる。

リゼルに会う前に鬱憤を晴らす必要があったのだ。ジルの信者達に対する嫌悪感はイレヴン同様に強い。ならば、何を咎められる事もない。

「リーダーこっちで何かした？」

「変な魔法いじり回してた」

「んな疲れることやんなくて良いのに……」

ふいに沈黙がおちる。

布を掻き交ぜるジルの手元がチャプリと水音を立てた。

イレヴンはシーツへと落ちたリゼルの髪を指先で遊びながら、ふと覗いたリゼルの耳元にそれを見付ける。小さくとも酷く強い存在感、そう思うのは今このタイミングだからか。

リゼルの為だけに誂《あつら》えられた、清廉と高貴を象徴するようなピアス。

「殺そうとしてた」

思い出すのは、地下で真っ先に目にした信じがたい光景。

奇妙な程に淡々としたイレヴンの声に、ジルの掌が布ごと水に沈んだ。

「俺が間に合ったから、殺さなかっただけ」

「止めたのか」

「まァ、横取りだけど」

ジルもイレヴンも、リゼルに対して手を汚すなと言うつもりはない。そんなものは今更だ。ただし、リゼルが盗賊に襲われて正当防衛で命を奪うのと、自らの意思によって命を奪うのとでは二人の中で意味合いが大きく変わる。

沈めた布を握り、自ら引きあげながらジルは唇を笑みに歪める。

「分不相応《ぶんふそうおう》にも程があんだろ」

千切らないよう布を絞りながら、彼は許しがたい罪人を明確に嘲った。

「でっしょ」

それはイレヴンも同様に。

雑魚風情がリゼルの手にかかろうなどと分不相応だと。リゼルの感情を死を以て与えられようなどと、有象無象《うぞうむぞう》には過ぎた真似であると彼を真に知る者ならば誰しもが思う。

それを、ジル達も思うだけなのだから。

「おい」

「ん」

ジルから濡れた布を放られたイレヴンが、それを慎重にリゼルの額へと被せた。

「ん、……」

「……起きた？」

「……」

小さく声を零したリゼルを、イレヴンは恐る恐る覗き込む。

閉じられた瞼を縁取るまつ毛が一瞬震えるも、望んだ瞳が開かれる事はない。安堵したような、残念なような。小さく息を吐き、ベッドに懐《なつ》くようにしゃがみ込む。

「……咄嗟に殺しちゃったんだよなァ、あいつ。一番ブッ壊したかったのに」

無意識に零れたのは、まぎれもない本音だったのだろう。

その背を一瞥したジルは呆れたように腕を組み、再び目を閉じる。そして今まで散々信者を壊し続けた癖に、まだ足りないと駄々をこねている贅沢《ぜいたく》な男の背を〝いい加減黙れ〟の意味を込めて先程より強く蹴りつけるのだった。


夢も見ないような深い眠りは、いつまでも眠り続けていられそうだ。

しかし、ふと浮上しかけた意識に抵抗はしない。揺蕩《たゆた》う意識も心地は良いが、眠気が不思議と残ってはいなかった。

「リゼル殿。リゼル殿、起きれるか？」

数度呼びかけられ、リゼルは薄っすらと目を開く。

相変わらず頭は脈打つように痛むが、熟睡したお陰で意識ははっきりとしていた。数度瞬き、額を撫でる柔らかな感触にゆるりと首を動かせば、タオルを片手に汗を拭いてくれているナハスがいた。

「起きた？」

ふいに反対側から覗き込んだ赤色。

寝る前にはいなかったイレヴンだ。何時なのだろうと思いながら唇を開けば、その声が嗄《か》れた喉に詰まってしまう。咳き込むと、熱からくる関節痛が更に悲鳴を上げた。

「こほっ……ん、いた……ッ」

「リーダーだいじょぶ？　どこ痛い？　何かいる？」

口に手をあて、ゼェゼェと喉を鳴らすリゼルにイレヴンが身を乗り出した。

焦ったように問いかけ、うろうろと手を彷徨わせる。その手は苦しそうに上下する肩へと恐る恐る添えられるも、しかしそれ以上はどうして良いか分からないようだ。

珍しい顔をしているなと、リゼルは申し訳なく思いながらも口元を緩める。

「喉が渇いたんだろう、とにかく水を飲ませてやれ」

「おら」

ジルからグラスを受け取ったイレヴンが、流れるような仕草でそれを一口飲んだ。

今はまず必要がないだろう行為。実際に普段のイレヴンならばやらないだろう、本人も無意識なのかもしれない。守るべきものが弱っている状況で強まった獣人の本能か。

リゼルは特にそれを指摘しようとはせず、もそもそと体を起こす。その手に酷く探り探りな動作でイレヴンの手が添えられた。礼を告げるように微笑む。

体調は立て続けに魔法で精密作業をした昨日よりは随分とマシになっていた。差し出されたグラスを受け取ってちびちびと半分ほど飲み、はふり、と息を吐く。

「喉に沁《し》みます……」

「喉痛い？　回復薬いる？　あ、ちょい麻痺毒《まひどく》あげよっか」

冷たい水が通り抜ける度に痛む喉に触れていれば、ふいにイレヴンがクリスタルのような瓶に入った回復薬を取り出した。見るからに上級のそれを、リゼルは丁重に遠慮する。

「今、何時くらいですか？」

「もう朝だぞ。随分ゆっくり寝てたな」

良いことだ、と頷くナハスにリゼルは目を瞬いた。

リゼルが寝始めたのは日が落ちる前、一度も目を覚ます事なく寝続けた自分に少し驚く。珍しくスッキリとした寝起きを迎えられた筈だと酷く納得してしまった。

しかし寝すぎた所為か、やはり熱の所為か。収まらない頭痛を晴らすように、もう一口水を含む。

「それより一度着替えるぞ。汗をかいただろう」

「言われてみればベタベタです」

「治ってきた証拠だ」

着ていたシャツは随分と湿っていて、一度意識してしまうと酷く気になってしまう。肌に張りついた布地を剥がすように襟元《えりもと》に手をかければ、流れ込んできた空気に一気に汗が冷やされた。

感じた寒気にふるりと肌を震わせていれば、それに気が付いたのだろう。ナハスが自ら運んできたトレーの上に積まれている、丸められた蒸し布を手に取る。

「ほら、体を拭いてやろう。脱がすぞ。シャツは洗っておくからな」

「有難うございます」

リゼルはグラスをイレヴンに渡しながら、兵士らしい無骨《ぶこつ》な手がシャツのボタンにかかるのを見下ろした。変に手を出すとやり難かろうと丸投げだが、実際そうなのでナハスは良し良しと頷いている。

その光景に誰も違和感を覚えない程度には貴族然としているリゼルだった。騎兵と冒険者という事実だけを見ればシュールすぎるよな、とはジルの談。

「リーダー、髪の毛結んだげよっか」

「はい」

うなじに張りついた髪を爪の先が掬《すく》い取《と》っていく感覚がくすぐったい。

少し肩を竦《すく》めたリゼルだったが、手早く結ばれた髪の下を蒸し布が撫でていく心地良さに自然と力を抜く。強すぎず弱すぎない力加減は非常に気持ちが良く、また眠くなりそうだった。

それを何とか耐えていれば、テキパキと新しい着替えまで身につけられていく。

「至れり尽くせりです……」

「似合ってんぞ」

全力でリラックスしているリゼルに、揶揄《からか》うようにジルが告げる。

それに吐息だけで笑い、ナハスによって背凭れ代わりに用意されたクッションへと凭れ掛かった。

これならベッドの上で体を起こしていても辛くない。

「腹はどうだ、何か食べれるか？」

「正直、食欲はないいんですけど」

「だが何か食べないと薬が飲めんからな。果物でも食うか」

言い聞かせるようにそう口にしたナハスが、トレーの上の果物を一瞥した。

その中から林檎《りんご》を選び、そして一緒に持ってきていた果物ナイフを構える。とはいえその後はトレーのほうを向いてしまったので、調理しているだろう手元は見えなかったが。

残念、なんて思いながらリゼルはマフリとクッションに体重を預けた。

「食欲ねぇんスか、俺すっげぇ熱出た時もヨユーで食えたけど」

「てめぇはな」

「回復が早そうですね」

ベッドに腰掛けたイレヴンが、本当に大丈夫なのかと怪訝そうな顔をする。

体調を崩して食欲がなくなる、などとは全く縁がないのだろう。当然のように他者の看病の経験もないものだから、よほど重病なんじゃないかと心配になっているようだ。

「寝てれば治るそうなので、大丈夫ですよ」

だるい腕を持ち上げ、その頬に艶めく鱗を撫でる。

もっと、と指先に押し付けられた頬を掌で包み込み、むにむにと揉んでやった。

「ほら、ジルだって体調を崩した時は食欲なかったですし」

「へー、ニィサンて病気かかんの？」

「アホ」

相変わらず全てを記憶から抹消《まっしょう》しているイレヴンに、ジルが呆れたように返した。自分と出会う前か、などとイレヴンは宣《のたま》っているがガッツリ最近だ。

楽しそうなリゼルも特に勘違いを正したりはせず、ほんのりと冷たい鱗を堪能する。

「今思うと、ジルも同じ〝ごっつい風邪〟だったかもしれませんね」

一日で治った事は取り敢えず置いておく。

「は？　人外がかかるようなヤツとかガチで危ねぇじゃん。マジで大丈夫？」

「危ない気がしてきました」

イレヴンだけ一発どつかれた。贔屓《ひいき》だ。

ブツブツ不満を漏らしながらも、イレヴンは疲れたからと離れていくリゼルの手を捕まえた。普段より体温の高い指先を握り込み、そしてふいに気付いたように口を開く。

「そういやさぁ、リーダーって普段は結構体調に気ィ遣ってんじゃん」

「そうですね」

「何で？」

何故と言われても、健康でいられるよう努めるのは当たり前な気もするが。

しかし望まれた答えはそうではないのだろう。リゼルは苦笑し、さてどうしようかと考えるように視線を流す。確かに他の理由もあるにはあるが、わざわざ聞かせるようなものではない。

だが、ジルにまで促すように見られれば誤魔化すのも手間だった。

「勿論、冒険者は体が資本ですし」

心構えだけは冒険者なんだよなぁ、という視線が二人から向けられたがリゼルは気にせず続きを口にする。

「治る保証もなかったので、一応」

一瞬、ジルとイレヴンの動きが止まる。

だが直後、リゼルはジルによって毛布を頭まで引き上げられた。突然のそれに何が起こったのか分からないまま何とか顔を出せば、自らの体を跨《また》ぐように膝立ちになり、指と指の間という間に回復薬を構えたイレヴンが真顔で此方を見下ろしている。

間違いなく上級か特級の回復薬の数々。張り詰めた空気を醸《かも》し出《だ》す真剣さが怖い。

「一応、ですよ」

「どれ飲む？」

「俺だけ治らないなんて事があるなら、罹《かか》りもしないだろうと思ってましたし」

「飲めるだけ飲んどく？」

考えすぎだと一笑されても仕方ないと思っていた。

これ程までに酷似した世界だ、可能性などゼロに近いと既に結論付けている。それでも皆無ではないし、普通に知らない病気にかかったら嫌だなと思っていたに過ぎないのだが。

リゼルがちらりとジルを窺えば、不機嫌そうに一瞥された。あれはちょっと楽しんでいる。

「それ、飲むものじゃないんじゃ……」

「飲んだら効果あるかもしんねぇじゃん！」

ちなみに回復薬は飲んでも意味がない。傷口にかけて使う。

「それなら解毒剤《げどくざい》のほうが効きそうな、あ、出さなくていいですよイレヴン、大丈夫です」

「でもさァ！」

「病人の上に乗って騒ぐな!!」

更に言《い》い募《つの》ろうとしたイレヴンだったが、ナハスに怒られ口を噤んだ。

しぶしぶとベッドから足を下ろして座り直したイレヴンへ、リゼルは心配してくれて嬉しいのだと告げるように柔らかに破顔《はがん》する。不貞腐《ふてくさ》れたように視線は逸らされたが、本当に不貞腐れている訳ではないだろう。

「ほら、林檎が剝けたぞ」

その時、ふいにナハスが振り返った。

その手には皿に等間隔で盛られた林檎。それをリゼルもジルも、顔を逸らしていたイレヴンでさえも凝視する。

「魔鳥にしてやったからな。食べられるだけで良いから食べろよ」

美しく八等分された林檎。残された皮が何やら不思議な切り方をされていた。

リゼルの元の世界では兎《うさぎ》と呼ばれた切り方を、更にアレンジしたような形だ。アレンジといっても難しいものではなく、主婦ならば大体できるような分かりやすい切り方。

ナハスの言う事が確かならば、魔鳥を模しているのだろう。言われてみれば魔鳥に見える。

「ジル？」

「狐《きつね》だったな」

「イレヴン」

「俺んとこも狐」

狐というのもよく分からないが、恐らく兎の耳の部分が短いバージョンか。

地域の違いか世界の違いかいまいち判断がつかない。そういう事もあるだろう。しかしこれは例外だろうと、リゼルは再び皿へと視線を戻した。

果たしてアスタルニア特有のものなのか、それともナハス特有のものなのか。

「どうした、食べれないか？」

「いえ。有難うございます、戴きますね」

気遣うように声をかけられ、リゼルは促されるままに一つ手に取る。

まじまじと造形を眺め、そして口に含めば甘酸っぱい果汁が口の中に広がった。喉は痛いがこれならば何とか食べられそうだ、さくさくさくと食べ続ける。

「俺も食う」

「食うなよ」

ジルの言葉を気にする事なく、イレヴンは皿ごと魔鳥林檎を受け取った。どうせ全部は食べられそうにない、好きに食べればいいとリゼルも頷く。

そのままもそもそと林檎を食べているリゼルを眺め、「無理はするなよ」と一言添えたナハスがふと思い出したようにイレヴンを向いた。ナイフの刃をケースへ収めながら、その顔をやや厳しいものにする。

「そういえば、王宮守備兵の隊長が文句を言ってたぞ」

「俺？　つか誰？」

「襲撃犯を引き取りに行っただろう、そいつだ」

会った事ないなぁ、とリゼルは二個目の林檎を手に取りながらぼんやりと思う。

アリムとの話し合いの際、イレヴンが信者らを捕縛《ほばく》してくれた事は伝えてあった。引き取りに行くのが守備兵長である事も聞いている。何せ、数少ない地下通路の存在を知る者の内の一人だ。国を象徴する魔鳥騎兵団隊長すら知らされていない最高機密。他に頼める者などいないだろう。

「アスタルニア王の指示ですよね」

「当然だろう」

布を返した後、アリムは兄である国王へと全てを報告している。

勿論、彼が行った事になっている魔鳥騎兵団の救済の真実も。その辺りは事が落ち着いた後にでもアリムから詳しい説明があるだろう、口裏合わせが必要な場合もある。

「あー、あいつ」

昨日の今日だ。忘れる筈もなく、イレヴンはあっさりと頷いた。

「入れ替わりで戻ってきたし、何もしてねぇけど」

「お前が捕まえていた襲撃犯の事だ。俺は見てないしよく分からんが、〝どうすりゃあれだけぶっ壊せるんだ〟らしいぞ」

「ちょーっと遊んだだけじゃん。うるっせぇなァ」

ね、と首を傾げるイレヴンにリゼルもにこりと微笑む。

しっかりと逃げる準備を整えていた信者達を、一人残らず捕まえられたのだから多少の事は良いだろうに。口に出すとナハスに怒られそうなので言わないが。

「全員無傷で渡してやったんだから、むしろ褒められるべきじゃねぇの？」

「本当か？　まともに会話できなくて尋問《じんもん》が進まんと聞いたぞ」

随分と気合いを入れたようだと、リゼルはまた一口林檎を齧《かじ》る。

信者達もそれなりの人数がいた筈なので、恐らくイレヴン一人で遊んだ訳ではないだろう。恐らく精鋭も一緒だっただろうし、全員がそれなりに楽しめたならば何よりだ。

きっと自らの捜索《そうさく》も頑張ってくれただろう、他にも何かお礼を用意しなければ。そんな事を考えながら二個目の林檎を完食する。

「つか俺への文句が何でそっち行ってんの？」

「俺が知りたいんだが」

ナハスは切実だ。

「口が疲れてきました」

「おら」

三個目を摘《つま》んではみたものの、どうにも食べる気になれない。

差し出したジルの手にそれを渡せば、林檎は二口で完全に彼の腹へと消えた。魔鳥の形なぞ必要ないと言わんばかりの食べっぷりだ。

「ん、もう良いのか？　食べれるならもう少し食べたほうが良いんだが」

「すみません」

「いや、良いんだ。無理はするなよ」

皿に残った林檎は全てイレヴンにより消化され、ナハスが空いた皿を回収していった。

そして彼は熱を測るようにリゼルの額へと掌を当てる。温かな手はしばらく額を押さえ、そして難しそうな顔と共に離れていった。どうやら熱はまだ下がらないようだ。

じくじくと痛む頭に、ジルのようにはいかないなとリゼルは小さく笑みを零す。

「ほら、薬だ。飲んだらまた寝るんだぞ、安静が一番だからな」

「薬が凄く苦かったです」

「ここぞとばかりに些細《ささい》な不満も出してくるな、お前は……」

別に我慢して飲めばいいのだが、折角《せっかく》売った恩は最大限に利用する。

ナハスは全くしょうがない奴だと言いながらも、陶器のポットからカップへと何かを注いだ。差し出されたのは、ほかほかと湯気をたてる紅茶。

「ハチミツと生姜《しょうが》を混ぜた紅茶だ。この中に薬も入ってるから全部飲むんだぞ」

「有難うございます」

満足そうにカップに唇を寄せるリゼルに一度頷き、ナハスはテキパキと動き出した。

「寝間着《ねまき》の替えがもうないだろう。新しいのを枕元に置いておくから小まめに着替えるんだぞ」

「水差しは新しいのに変えておくからな。水分はしっかり取れよ」

「毛布も新しく何枚か持ってきたから、自分で調節するんだぞ。そうだ、敷布だけ替えてやろう」

彼の面倒見の良さが無双《むそう》している。

看病など十数年以上前に母親にしたきりのジルと、他者の看病などした事もないイレヴンでは目の届かない細かいところまで行き届いた気遣いだ。リゼルの人選に間違いはない。

喉に効くなぁとリゼルが紅茶を飲み終えた頃には、随分と体がぽかぽかとしていた。覚えのある感覚に、ジルによって奪われていくカップを目で追いながら薬の効力を称《たた》える。

「リーダー起きたばっかじゃん、寝れんスか」

「不思議と寝れそうです」

「病人ならそんなものだ」

背もたれのクッションが取り払われ、リゼルはその身を横たえた。

ぽすりと頭を枕に預ければ、少し勢いがついてしまったのか脈打つように頭痛が強まる。目の奥が痛み、視界が白く染まりかけるのを耐えるように瞼を閉じた。

その痛みを和らげるように、目元を覆う掌がある。誰の手なのかは考えずとも分かった。

「俺は少し離れるが、静かにしていろよ」

「はいはい」

リゼルは枕元で囁くように交わされる会話を寝物語に、深く深く夢も見ない眠りへと意識を沈めていく。


そこは、幾つもの牢屋が並ぶ薄暗い通路だった。

壁に等間隔に備え付けられた松明《たいまつ》が唯一の光源であり、それは時折パチリと小さな音を立てる。普段はその音さえ鮮明に聞きとれる静寂の空間に、ゴツリ、ゴツリと重い足音が響いた。

「……ったく、とんでもねぇな」

男は短く刈《か》り込《こ》まれた髪から覗く、丸みを帯びた三角の耳をがりがりと掻き毟った。

虎の獣人らしく橙《だいだい》と黒が美しいそれは、今もなお不快な音を捉え続けている。耳が良すぎるのも考えものだと、縞《しま》の尻尾をしなやかに揺らしながら首だけで振り返った。

視線の先には、今出てきたばかりの鉄の扉。牢屋の最も奥で重厚に佇むそれは、音すら通さぬ厳重さを誇る。

「うるっせぇえ」

苛立《いらだ》ちながら扉から離れる。

がんがんと、未だ頭の中に響くのは幾重にも重なる笑い声。喉が裂けようが彼らは笑い続け、許しを請い続け、感謝の言葉を口にし続け、そして死を望み続ける。

「牢屋番なんざ下《した》っ端《ぱ》の仕事だろうが……地下通路さえ関わってなけりゃぁな」

下っ端仕事を懐かしむ気分には、とてもなれそうになかった。

歩兵団《だん》の中でもエリート中のエリートが集まる王宮守備兵の兵長である彼は、苛立たしげに尻尾を膨《ふく》らませながら昨日目にしたばかりの光景を思い出す。

ズタボロの服を身に纏い、木々に吊るされた許されざる襲撃犯達。その体に傷など一つもないにも拘らず、地面には夥《おびただ》しい程の血の跡が広がり、吊るされた彼らの真下では未だ固まらぬ血だまりがゆっくりと地面に吸収されている途中だった。

『こいつら引き取りにきたヒト？　じゃ、頼むわ』

ただ一人だけ地面に立っていた獣人は、異様な光景の真ん中であまりにも普通にそう言い残し、去っていった。濃い血の匂いが、今でも鼻にこびりついている気がする。

「アイツしょっぴいたほうが良いんじゃねぇか」

鋭い牙を露出させるように口元を笑みに歪める。ただの冗談だ。

唯一助かったのは襲撃犯全員の手足が拘束され、猿轡までしっかりとされていた事か。場所が場所だけに部下を連れていく訳にもいかず、荷車を引いていったのだが積み上げるだけで済んだ。

「（しっかしなぁ……）」

今回の件に一人の冒険者が関わっている事を、既に彼も知っている。

リゼルが初めて王宮を訪れた際に遠くから確認していた為、彼の事は知っていた。逆恨みにより誘拐されていたらしいが、それを聞いた時は〝冒険者の癖におっとりしているからだ〟と呆れすらしたものだ。

しかし、その考えも改めなければならないようだ。

「(自分を攫った相手ぶっ壊して)」

地下通路の中、原型を留めぬ遺体の事も確認済み。

笑い狂っている襲撃犯達が生きているのは、ただ此方への配慮なのだろう。彼らの死を請えば容易に叶えられる存在を二人も隣に並べているのだから。

「(奴らの思惑ぶっ潰して)」

アリムへと流した情報の中には、騎兵団を攻撃した魔法陣の事もあったという。

何故、捕らえられていただけのリゼルがそれを知っているのか。まさか親切に教えられた訳ではあるまい、自ら手に入れたのだ。

「終《しま》いにゃ」

ゴツリ、ゴツリと鳴っていた靴音が止まった。

そこは、ある牢屋の前。他の牢屋と違うのは、鉄格子に閉ざされている事を除けば比較的過ごしやすい程度まで内部が整えられている事だ。

中には一人の男がいる。褐色の肌と、そこに刻まれた入れ墨。鈍色の髪と瞳が高い位置にある小さな窓から差し込む光を反射し、刃物のように鈍く光っている。

「奴らからてめぇを奪い取るんだもんなぁ」

檻の中から向けられる視線に、守備兵長は獰猛《どうもう》に笑った。

戦う手段を持ちながら大人しく助けを待つ者など、彼にしてみればただ怠惰《たいだ》なだけであった。たとえ無様《ぶざま》だと蔑《さげす》まれようと持ち得る力全てを使って足掻《あが》いてみせるべきで、檻の中にいる事を受け入れてしまった自分自身こそ恥じるべきだと思っている。

だからこそリゼルへの印象を改めるべきだと、彼は叩きつけるように檻を握りながら猛々しく吠《ほ》えた。

「品の良いツラして足掻くじゃねぇか、なァ!!」

牢屋中に響いた轟音に、驚きもしないクァトに物凄く不思議そうな目で見られる。

気が抜けたように檻から手を離した彼は痺《しび》れる掌を振りながら、その後も退屈そうに下っ端仕事に励むのだった。

120.

太陽の光が燦々《さんさん》と降り注ぐ昼のアスタルニア。

とある宿の宿主は、非常にご機嫌な様子で台所へと立っていた。

その理由はというと、ここ数日忽然《こつぜん》と姿を消していたリゼル達が宿へと帰ってくるから。今の宿に飽きて別の所にでも行ってしまったのだろうかと侘《わび》しさを感じていた時、友人であるナハスがリゼル達の現状を知らせてくれたのだ。

曰《いわ》く、風邪を引いたから王宮で預かっているとのこと。何故王宮でと疑問には思うものの、良い医者もいるだろうし良い看病もしてもらえるだろうしで色々な意味で安心した。そして、今日あたり帰ってくるらしい。

病み上がりのリゼルに栄養満点の食事を用意しなければと、宿主は張り切って夕食の仕込みをしている。風邪は体力勝負と言われながら育った彼が煮込んでいるのは大ぶりの肉。家庭内ルールというのは時に凄まじい。

「お、帰ってきた帰ってきた」

話し声と扉が開く音。

宿主は自然と浮かぶ笑みをそのままに調理の火を消し、身に着けたエプロンで雑に手を拭い、いそいそと台所から顔を出した。

「無断外泊とか全く問題ないんですが流石に数日間いないと心配になった俺ですよ。おかえりなさい」

「心配をかけてすみません、宿主さん」

扉を開けば、目に入るのは懐かしき三人組。

やはり何度見てもこの存在感に慣れないな、と宿主はしみじみと思う。最初に覚えた印象がいつまで経っても薄まらないからこそ、彼らは人目を集めるのだろう。

向けられた微笑みは記憶と違わず、風邪も完治したらしいと頷く。そしてリゼル達の立つ玄関のすぐ隣にある小さなカウンター、その裏から三人分の部屋の鍵を取り出した。

「ナハスから話は聞きましたけど、大変でしたね本当に」

「あ、聞きました？」

三つの鍵をカウンターの上に並べながら体調を労えば、微笑んだリゼルの眉が少し落とされる。やはり相当辛かったようだと、宿主は今晩のメニューを肉のフルコースに決定した。

「こっちに来ても誘拐されるなんてビックリですよね」

「俺のほうがビックリなんですけどちょっと待ってそれ聞いてない」

「え？」

「え⁉」

宿主は勢いよく顔を上げ、まじまじとリゼルを見る。

聞いたのでは、と不思議そうな顔をされた。冗談ではないらしい。いや、こういう冗談を言うタイプには見えないのでそこは疑っていない。

しかも〝こっちでも〟とかいうとんでもない言葉が聞こえたので、もしや以前に拠点にしていたというパルテダールでも誘拐されたのか。そんな事を考えている宿主の思考に〝何故〟という単語が一度も浮かばない辺り、彼がリゼルをどう思っているのかが分かる。

「それどう、え、ど……え？」

「大丈夫ですよ、怪我もないですし」

「いやでもそれ、え、風邪は」

「風邪も引いたんです。手厚い看病でしっかり治してきました」

なら良いかと、呆然としながら宿主は宿帳《やどちょう》を広げた。

思えば、よく目の前の穏やかで品の良い人を誘拐できたものだと思う。何せそれは、今まさにリゼルの後ろに立つ二人から奪い取ったという事だ。

勿論、一人行動も多い三人なので不可能ではないのかもしれないが、そういう事ではない。奪おうと思える事そのものが凄い。犯人達がどうなったのかは知らないが、聞く勇気はない。怖い。

「ご無事なら何よりなんですけども……ん？　あ、そっか。お疲れなら後で良いんですけど前払い分の宿泊費が今日までっぽいです。更新しておきますか」

「あ、お願いします」

「はいはいー」

衝撃が強すぎて現実味がないのに加え、リゼル達の振る舞いもあまりに普段どおり。

宿主は割とすぐに平常心を取り戻し、宿泊延長を当たり前のように決めてくれたリゼルに盛大な安堵の息を吐く。実は更新を確認する度に内心ドキドキなのだ。

何せ、忘れがちだがリゼルは冒険者。冒険者が宿をコロコロ変えるのは珍しくない。

「じゃあここに署名と、今回も前払い一括《いっかつ》で良いですかね」

「はい」

宿帳という名の紙の束、その中から三人分のものを探し出す。

宿主手書きの定型文、とはいえ〝何日間泊まるよ、だから幾らだよ〟と書いてあるだけだが。前回までの記録の下、そこに更に全く同じ文言《もんごん》を走り書きして、リゼル達に向けて並べてみせる。

何度も延長する、あるいは何度も利用してくれる客の宿帳は、紙面がびっしり埋まって見ていて非常に気分が良いなと宿主はご満悦だ。

「お前そういうの一字一句漏らさず読むよな」

「どうせ前と一緒じゃん。俺読まねぇー」

「読んで損はないじゃないですか」

走り書きの一文にもしっかりと目を通しているリゼルが、頬に落ちた髪を耳へとかける。

その相変わらず整った仕草を宿主は何となしに眺め、ふと覗いた手首に目を止めた。確かに少し痩《や》せたかもしれないなと難しい顔をして考える。

誘拐なんて全く縁がないが、食事も大して出されないイメージがある。それにプラスしてごっつい風邪なんて引いてしまえば、満足に食べられなかったに違いない。ごっつい風邪は宿主も引いた事がある。

やはり肉だ。肉にするしかない。宿主の決意は固い。

「はい、宿主さん」

「ん」

「あ、一枚多い。こうか」

そして三人それぞれから宿泊費を貰《もら》う。

ちなみに一人ずつ宿代を支払う冒険者パーティはリゼル達が初めてだ。初回から当然のようにこうだった。パーティを組んでいる意味とは。

一人部屋三つなのだから間違ってはいないのだろうが、いまだに納得しがたいものがある。そんな事を思いつつ、宿主は金額を確認しながらも何となしに口を開いた。

「それにしても、うちのお客さんに手ぇ出すなんてどんな奴らなんですかね。全くけしからん」

冒険者なのに一切値切る事なく、部屋も綺麗に使ってくれるし玄関先を泥《どろ》で汚す事もない。夜中に騒ぐ事もなければ、酔っぱらって絡んでくる事もない。あまり気を使いすぎなくて良いし、かといって嫌な感じに馴れ馴れしい訳でもないという超優良物件。しかも儲《もう》かる個室利用。

できるだけ長く泊まっていてほしいというのに、変なちょっかいを出してアスタルニアが嫌になってしまってはどうしてくれるのか。少々憤慨《ふんがい》してしまう。

「そうですね……」

そんな宿主に、リゼルが考えるように首を傾けた。

もしや好奇心による不謹慎《ふきんしん》な質問にとられてしまったか、と宿主が焦って口を開こうとした時だ。

「当たり障りのないところだけ言うなら、他人を奴隷扱いしてこき使ってる人達でした」

「ドン引きなんですけど!!」

ほのほのしながら言われた衝撃が半端ない。

「何それ心底引く！　貴族なお客さん大丈夫なんですか怪我とか本当にないんですか奴隷扱いされて鞭とかで叩かれなかったですか!?」

「イレヴンと一緒のこと言ってますよ」

「これと一緒はなんかヤだ」

心配してくれるのは有難い事だ、と微笑みながらリゼルが部屋の鍵を手に取る。ぶら下がったタグを見て、それぞれの部屋のものをジルとイレヴンへと渡した。

その間にも宿主はどんどんヒートアップしていく。

「後ろ手に縛られて這いつくばって飯を食わされたり風邪引くほど水ぶっかけられたりしたんですか!!」

「引く」

「変態臭《くせ》ぇー」

「ストレスでも溜まってるんですか？」

「あれっ⁉」

何故だと愕然《がくぜん》とする宿主はその後、そっとしておいてあげようと去っていく三人に気付く事なく一人落ち込み続けた。


昼下がりの喫茶店でリゼルは一人、アイスコーヒーを片手に読書を楽しむ。

王宮から宿へと戻ったのがちょうど昼食時。軽食でもとろうかと、復活した宿主にやけに心配されながらも宿を出たのは少し前のこと。

また誘拐されたらどうすると言われても、そんな事を言っていたらいつまで経っても出掛けられない。気遣いは嬉しいけれどと苦笑を零してグラスに口を付けた。

風通しの良いテラス席。強い日差しは庇《ひさし》に遮られ、コーヒーで冷えた体を心地の良い暖かさが包んでくれる。

「（最近はずっとベッドの上だったからなぁ）」

ゆっくりと息を吐いて、肩の力を抜いた。

部屋で黙々と読書をする事に何の不満もない。光源を抑えた書庫で文字を追うのは落ち着くし、ベッドの上で下肢《かし》を毛布に包まれながらページを捲《めく》るのも至福の時間だ。

だが外で、少しざわついた空気を感じながらの読書もリゼルは好んでいた。かえって物語に没頭できる時もあれば、思考を働かせやすくなる時もある。

「こちら、お下げしてよろしいでしょうか」

「お願いします」

「ごゆっくり」

数種のサンドイッチと冷製スープ、それらが空になった皿が下げられた。

皺の刻まれた顔を笑みに染めた初老の男性は、この喫茶店のマスターだ。リゼルがまだ読書を続ける事を察してか、目尻の皺を深めながら優しく声をかけてくれる。

居心地の良い店だと、そう思いながらリゼルは開いた本へと視線を落とした。テーブルの端に置いた美しい栞《しおり》を指でなぞりながら、再び内容へと没頭し始める。

「あ」

ゆっくりと楽しむような読書を始めて、三十分と少し経った頃。幼いながらも聞き覚えのある声が聞こえた気がして、リゼルは紙面をなぞっていた視線をふと持ち上げた。

見渡せば、少しだけ地面より高い位置にあるテラスのすぐ横。そこに座っていても見下ろす必要のある一人の少女を見付ける。

声をかけるつもりはなかったのだろう。思わず止めた歩みを再開しかけていた彼女は、交わった視線に立ち止まりながらバツが悪そうにこちらを見ていた。

「こんにちは、小説家さん」

「えと、うん。ごめんね、邪魔したかなって」

「大丈夫ですよ」

微笑んだリゼルに、小説家はほっとしたように少しだけ大人びた仕草で前髪を整えた。

どうやらこの店に入ろうとしていたのだろう。リゼルが折角だからと誘ってみれば、少しばかり気後れした様子ながら向かいの席へと腰かけた。迷惑だったかと思ったが、そういう訳でもなさそうだ。

せめて気にせず過ごせるようにと、リゼルは彼女の分のコーヒーを注文する。盛大に遠慮されたが綺麗に流し、代金を支払った。

「ご、ごめんね、ありがとう」

「いいえ。此処、よく来るんですか？」

「ううん、美味しいって聞いたから来てみたかなって。今日が初めて」

地につかない両足を揺らす事なく、足先を重ねるようにきゅっと纏めながら小説家が笑った。つまり、その噂の真相を確かめにきたという事だろう。

リゼルにとっても気に入りの店。勿論自信を持って勧められるのだから、感想は期待して良いだろう。

「それにしては大荷物ですね」

「あ、これ？」

ふと、小説家の椅子に引っ掛けられた鞄《かばん》が目に入った。

木の蔓《つる》を編み込み、刺繍の施された布で飾られたそれ。小さな彼女が持ち運ぶには大きいだろう鞄は、ちょっとティータイムを楽しみにというには随分と嵩張《かさば》るだろう。

慣れたように肩に下げていた姿を思い出す限り、運び慣れてはいるようだが。

「実は今、新しい本のネタ出しに詰まっちゃって」

「小説家さん、今一冊書いてましたよね。団長さんの脚本もって話してましたし」

「あの子のはノーギャラだし、どんどん書いて稼がなきゃダメかなって！」

気合を入れる小説家に、リゼルは成程と頷いた。

作家は研究者らと同じく完全に趣味の職業だ。本来ならば利益を出そうと思うようなものではない。読書が娯楽《ごらく》となっているアスタルニアだからこそ成立する職業だろう。

運ばれてきたコーヒーに、小説家のほうを掌で示してみせる。

「だから息抜きの散歩がてらこういう店にネタ出しにきて、それを書き出せるように一式持ち歩いてるかなって……あ、冷たくて美味しーー」

「ですよね」

幸せそうにコーヒーを飲む小説家に、そうだろうと頷いた。

団長もそうだが、目の前の彼女も非常に仕事熱心だ。不可抗力とはいえ、仕事を放り出して休暇を満喫している身からすれば尊敬してしまう。冒険者をしていて休暇中と言えるかは謎だが。

「じゃあ、俺のほうが邪魔してしまいましたね。すみません」

「えっ、ううん、全然そんなことないかなって！　こう、身近に居ない人と話せるのって凄く貴重だし」

「そう言ってもらえると嬉しいです」

えへへと笑う小説家に、リゼルもにこりと微笑む。

ちなみにリゼルは〝身近に居ない〟というのを冒険者という意味だと思っているが、小説家は全く以てそのつもりはない。もっと王族的だったり浮世離れした存在だったりといった意味で告げている。

すれ違いは解消されないまま放置されたが、特に支障がなかった為に両者の会話は至って平和的に続いた。

「あ、そうだ。折角だから相談に乗ってもらいたいんだけど」

「小説の、ですか？」

「そう。あ、い、依頼に出したほうがいい？」

「いえ、良いですよ。ただ、お役に立てるのかと思っただけです」

「大丈夫大丈夫！」

リゼルの返答に、小説家が安堵したようにゴソゴソと鞄を漁り始めた。

そして取り出されたのは紙の束。予想に反して白紙のものは少なく、殴り書きのメモや文章に埋め尽くされている。更にインク壺《つぼ》やペンまで次々とテーブルの上に並べられていくのに、これは大きな鞄も必要だろうとリゼルは納得と共に頷いた。

「君だから聞きたいって思ったんだし、気にせず気軽に答えてくれたら嬉しいかな」

「俺にって事は、ついに冒険者ものを書くんですか？」

「え？」

「あれ」

違ったかと不思議そうなリゼルに、小説家は口にしかけた言葉を呑み込んだ。

彼女も見た目こそ幼いが心は立派な大人の淑女。空気は読める。

「え、ええっと、何だっけ。あ、そうだ。今度の小説のテーマなんだけど、学院とかどうかなって考えてるんだ」

「学院……魔法学院の事ですか？」

「ううん、私もそこは名前しか知らないから。オリジナルの学院になりそうかなって」

確かに、既存の場所を舞台にすると面倒ごとが多そうだ。それが良いか、と考えるように視線を流したリゼルの眼前に、ふいに一枚の紙が差し出される。

「それで、ちょっと考えてみたんだけど」

「見て良いんですか？」

「君は言いふらさないし、良いかなって」

そう信頼してもらえるのなら何よりだ。

依頼人との信頼関係は冒険者にとって何物にも代えがたいもの。今回は依頼ではないが。

微笑んだリゼルが用紙へと目を通せば、書かれていたのは主に舞台となる学院について。随分と苦戦しているらしく、紙の端っこに〝貝になりたい〟と言っている貝が落書きされている。

「小説家さんは絵も上手なんですね」

「え?……ッああ!」

思い出したかのように叫んだ小説家は、しかし通りを歩く人々から視線を集めた事に気付いて背を丸めた。耳まで赤くして丸まる姿は、まさに貝になりたいと言わんばかりだ。

そっくり、と落書きと比べて可笑しそうに小さく笑い、リゼルは慰めるように話を逸らす。

「馴染みのない場所が舞台だし、難しそうですよね」

「だよね! そう思うかなって!」

早く話題を進めたかったのだろう、小説家も凄い勢いで食いついてきた。

「でも現実味が要《い》らない分、設定は好きに作れそうかなって。色んな人に話とか聞いたけど、イメージとしては魔法学院が近いかな」

「これ、舞台は〝良家の子息子女《しそくしじょ》が通う学《まな》び舎《や》〟ですよね。魔法学院、地位の縛りってありましたっけ」

「そうなんだよね。でも授業とか建物とか、学び舎としての色んな形は凄く参考になるかなって」

大体の国で、子供達への教育は学び舎で行われる。

一人の教師の元に近所の子供が何人か集まり、読み書き算数の基礎《きそ》を学ぶ程度だが十分だ。学び舎に通う事も義務ではなく、田舎では学び舎自体が存在しない事も多い。

小説家も例に漏れず、近所の大人の家に遊びに行くような感覚で学び舎に通っていたらしい。よって学院の具体的なイメージが湧かず、周囲から色々と情報収集をした結果、ぼんやりとあったイメージにがっつりと嵌《はま》ってくれたのが魔法学院なのだろう。

「良家の子息が集まるって聞くと、俺としては騎士学校が出てきます」

「私もそう思って調べたけど、ちょっと軍の色が強すぎたかな。もうちょっと華やかなイメージ」

カラカラとグラスの中の氷を回しながら、小説家が悩むように眉を寄せる。

そもそも騎士学校は国の中枢を守護する騎士を育てる場所だけあって、公にされない部分も多く情報があまり出回らない。参考にするには向いていないだろう。

リゼルは指先でグラスの微かに滲んだ水滴をなぞり、そういえばと目にした内情を思い出した。

「確かにあそこの雰囲気は、小説家さんの作風には合いませんね」

勢いよくリゼルへ向き直った小説家が、ぱちぱちと目を瞬かせる。

「えっ、行った事、あるのかなって」

「はい」

「え、え、もしかして、通……っ」

「まさか。依頼ですよ、騎士学校の」

そういう事かと、小説家はぐったりと力を抜いた。

真っ先に依頼という発想が出て然るべきなのだが、リゼルに関しては現実味がありすぎた。勿論、通うのは貴族の中でも爵位《しゃくい》を継がない子息子女達、という点は横に置いておく。

「じゃあ、ああいう大きな学び舎に通った事ってなかったりするの？」

「そうですね」

あまり良い相談相手にはなれなそうだとリゼルは苦笑を零した。

確かに元の世界では、国に学術都市と呼ばれるような教育機関を中心とした領地が存在していた。しかし幼い頃から屋敷に教師を招いていたリゼルには縁がない。周囲にいた将来の嫡子《ちゃくし》達も似たようなものだったので、気にした事はないが。

意外そうな様子を隠そうともせず、ポカンと口を開けている小説家に小さく首を傾けてみせる。

「お役に立てそうにありませんね」

「えっ、あ、ううん！　これは私が調べなきゃいけないことだし、全然大丈夫かなって。私こそ、紛らわしいことばっかり話してごめんね！」

ハッとした小説家が、弁解するように少し早口で言った。

どうやら聞きたい事とは、学院についてではなかったようだ。ならば何だろうと、必死で用紙の束をバサバサと広げていく小説家を眺める。

「今度の小説は、そんな学院に編入した平凡な女の子っていうのを書こうかなって」

「どうやって編入するんですか？　パトロン……は、平凡が特徴の子なら難しいですね」

「実はかなり良いトコの家出身だけど、事情があって一般家庭で育ったとかかな。まだ考え中だから決定じゃないけど」

つまり何かの拍子にそれが判明し、その生家《せいか》に引き取られ、そして舞台の学院へと通う事になるのだろう。しかし良家において三男以降の男児ならいざ知らず、嫁がせる事で他家との結びつきを得られる女児を手放すなど相当な事情があるだろうに。

それを再び引き取るなどと凄い事をするな、と斜め上の感心を抱いているリゼルの事など小説家は知る由《よし》もない。きっと幸いな事なのだろう。

「?」

そんなリゼルが、ふいに何かに気付いたようにテーブルに散らばった用紙の一枚を手に取る。学院に入学するまでのヒロインの境遇について書かれているそれをまじまじと眺め、そして。

「……ふっ」

思わず小さく噴き出した。

「え⁉　変⁉」

「いえ、すみません、そうじゃないんです」

ヒロインの境遇が完全にジルと一致している。

ショックを受けた様子の小説家の誤解を何とか解いて、改めて用紙を見下ろした。ヒロインが体験するだろう試練や恋愛模様が思いつくままに書き連ねられている。いかにも本が作られる過程を見ているようで面白い。

「恋愛小説なんですね」

「うん、書きやすいかなって」

資料が濡れないようにと、さりげなく小説家の分のグラスを端へと寄せながらリゼルは内心頷いた。

彼女の代表作は純愛物である〝Vampire《ヴァンパイア》〟。もちろん既刊の中には推理物や風刺物《ふうし》もあるものの、そちらは専門で活動する作家達に比べるとやはり劣《おと》る印象だ。本の評価に関してはシビアなリゼルに贔屓はない。

事実、小説家自身も力不足は感じているのだろう。様々なジャンルに手を出して本に纏め上げる力量は確かなものだが、やはり書きやすいものを書くのが一番だ。

「ヒロインが入学して……あ、この凄そうな子が相手なんですね」

「そうそう。学院で一番地位が高い家の嫡子で、勉強も魔法も剣も一番で、顔も凄く良いっていう恵まれし子かな」

「ジルと戦わせてみたいです」

「止めてあげて!!」

想像するだけなら自由である筈の物語の世界の最強を以てしても、想像上ですら勝たせてあげられない相手を挙げられて小説家は思わず叫んだ。

リゼルも確かに難しいかと可笑しそうに笑う。嫡子という点以外では一致するだろう子供が恐らく騎士学校にもいた筈だ。それでもジルに容易にいなされていたのだから。

「年齢が……十六。騎士学校の最上級生ですね」

「あ、そうなんだ。ああいうトコの子ってどんな感じか聞いてもいい？」

「皆、とてもしっかりしてるけど普通の子ですよ」

微笑むリゼルの言葉を小説家は微塵《みじん》も信じなかった。

想像できるぐらいには貴族然としているか、騎士らしさ全開な子供が揃っているんだろうなと一人で納得している。

「そういえば、あそこは士官候補生って制度があったんです。優秀な子達が何人か選ばれて、有事や演習では生徒達の纏め役になるそうですよ」

「へぇ！　そういうのって、ちょっと楽しそうかなって。そういうの作って、ヒーローをてっぺんに置いてもいいかな！」

楽しそうにメモを取る小説家の手元は止まる事なく、どうやら役に立てたようだと安堵しながらリゼルは他の用紙にも目を通していく。恋愛小説なので恐らく読まないだろうというのもあるが、基本的にネタバレは平気なタイプなので躊躇《ちゅうちょ》はない。

どうやら人物設定は出揃っているようで、ヒロインが関わっていく人々は誰もが癖が強そうだった。その代わり優秀でもあるようなので、上手く友好関係を築ければ卒業後の大きな糧《かて》となるだろう。

「(ヒロインの家も大きいんだし、接点を持つのに手間取りはしない筈……後は、どれだけ自分の価値を相手に植え付けられるかかな)」

ジルに聞かれれば職業病だと突っ込まれそうな事をのんびりと考えながら、次の用紙を手に取る。

そこにはヒロインが何人かの異性と巻き起こす恋愛模様。この数々のシチュエーションに、乙女達は心揺り動かされるのだろう。深夜に勢いで考えられる事が多いのか、眠気で文字が徐々に崩れているのが少し面白かった。

「(こういうの、男じゃなかなか思い付けないし、貴重な資料な気も)」

例えば馬車の中、揺れてバランスを崩した際に腕を摑まれて引き寄せられたり。

ちなみにリゼルはぎゅうぎゅうの馬車に乗り込もうとして失敗し、外にはじき出されそうになった時にジルにやられた事がある。足が一瞬浮いた。

例えば勉強中、覗き込まれて肩がぶつかったり。

ちなみにリゼルはギルドで魔物図鑑を読んでる時、ハシャいでいた他の冒険者に軽くぶつかられた事がある。普通に謝られて普通に許した。

例えば階段から落ちそうになった時、誰かを下敷きにして顔を突き合わせたり。

ちなみにリゼルは迷宮内でイレヴンと似たような状況になった事がある。綺麗に罠に嵌って三人揃って落下した。落下距離があまりにも些細すぎて受け身も取れなかった。

「……あっ、ごめんね、つい夢中になっちゃったかなって！」

「ジルだけじゃなくて俺にもヒロインの素質があるかもしれません」

「⁉」

真剣に検討していれば物凄い顔をされた。

それに気付かず、リゼルは用紙をゆっくりと捲る。

「あ、ヒロインの子は料理が上手なんですね。素晴らしい」

「えっ⁉　あ、そうかな。やっぱり周りの子達との違いって出したいし」

「平凡が特徴なのに良いんですか？」

「平凡っていっても平均の必要はないかなって。特技の一つぐらいないと寂しいし」

やけに料理を特別視するリゼルに、しかし小説家は納得した。

何でも器用にこなすイメージとは裏腹に、リゼルに料理ができるイメージは一切ない。不器用という訳ではなく、当然のように他者にやらせるイメージが強すぎた。

「あっ、だいぶ横道逸れちゃったけど、聞きたいのはそれかなって！」

そこで本題を思い出し、小説家がくるくるとペンを回しながら告げる。

学院について相談に乗ってくれたのも非常に有難かったが、彼女がリゼルに頼りたいのは調べてどうにかなるものではないのだ。

「それ、というと」

「今回の話って、身分差……じゃ、ちょっと違うかな、ヒロインも身分はあるし。周りとの違いっていうか、一般育ちと上流階級育ちの違いを書ききらないと駄目だよね？」

確かに、とリゼルは納得する。

でないと舞台を良家の子息子女たちが通う特別な学院にした意味がない。

「読んでくれる子達に、憧れながら読んでほしいって思ってるかな！　だからできるだけ相手の言動とか貴族っぽくしたいんだけど、私じゃ想像しかできないし」

「はい」

「だから変なところがあったら教えてほしいかなって！」

幼い顔をパッと明るい笑みに変えて断言された。

確かに貴族出身である事は確かだが、最近は冒険者らしくなってきたと自負しているというのに何故なのか。女性の勘というものだろうか、と感心しながら目を通していた資料を小説家へ返す。

「貴族っていっても色んな人がいますし、気にしなくていいと思いますよ」

「そうだよね、やっぱり分かりやすいのが一番かな」

「あ、でも」

小説家が腕の下に敷いていた用紙に、リゼルの指がとんっと置かれる。

彼女は乗せていた腕をパッとどけた。冒険者とは思えない整った指先が紙面をなぞるのを目で追えば、そこには完璧を絵に描いたようなヒーローが平凡なヒロインを気に掛けるようになる切っ掛けのメモ。

嫌がらせで高価な魔道具を壊されたヒロインに、ヒーローが気まぐれ混じりの同情で自らの魔道具を渡そうとするシーンだ。

『こんな高価なもの、貰えないわ』

ヒロインは困ったように断り、少年は思ってもみない反応に彼女に興味を持つようになる。何処か変だっただろうかと小説家は首を傾げ、不思議そうに口を開くリゼルを見た。

「これ、何で貰わないんですか?」

とんでもないこと言いおる。

そう口元を引き攣《ひ》《つ》らせる小説家を気にかける事なく、リゼルは続けた。

「贈り物は、可愛らしく微笑んで受け取ってもらえたほうが嬉しいと思うんです。少年も恥をかかずに済みますし、少女もないと困るんでしょう?」

「そ、それはそ……っや、違うかなって！　危ない流されかけた！　見て、ここ！」

小説家が〝高価〟の単語を力強く指さしてみせる。

「適当に考えて金貨一枚だとして、まさか、その程度じゃ高価って言わないとか……っ」

「まさか、そんな事ないですよ」

戦々恐々《せんせんきょうきょう》とした目をする小説家に、リゼルは苦笑しながら否定した。

金額というものを所持金に対しての割合として考えた事はないが、その価値はきちんと把握している。金貨一枚でどれだけの物が動くのか、何ができるのか。そのうえで使う事には躊躇しないし、使う時は必ず相応のメリットを得ているだろう。

だからこそ、ヒロインは受け取ったほうが良いと思ったのだから。

「たとえ気まぐれでも、同情でも、それだけの物を贈る価値があるって判断されたんです」

リゼルは笑みに目を細め、ゆるく組んだ手をテーブルへと置いた。

仕草一つとっても不思議と絵になる人だと、小説家が握り締めていた資料から顔を上げる。ふわりと、潮の匂いを微かに含んだ風が二人の髪を揺らした。

「それを誇れる人は、それだけの自信を身に付けられるだけの努力をしてるんでしょう。とても、魅力的です」

それを誇れた時点でヒロインは平凡設定を失う。

小説家の目は今や何処か遠くを眺めていた。読者が感情移入すべきヒロインを何処の高みへと連れていこうというのか。リゼルが読書の際に感情移入をしないタイプにしてもこれは酷い。

「それにほら、〝迷宮ルールは絶対服従《ぜったいふくじゅう》〟って言いますし」

「何それ」

「他の冒険者の方から時々聞くんです。〝迷宮内では迷宮ルールに速やかに従え（さもないと死ぬ）〟っていう意味らしいですよ」

つまり良家の子息子女の世界に入るなら、そちらの常識に合わせるのが早いと。

誰が手っ取り早さを求めたというのか。出身での違いを出したいと言っているのに何故そうなるのか。いや、ある意味ではヒロインの身の振り方を誰より真剣に考えてくれているのだが。

「魔道具も、少年の家の格を思えば高価なものっていう意識がないのかも。なら、泣いている子に飴《あめ》を差し出すのと同じ感覚でしょうか……とても良い子ですね」

むしろリゼルの感情移入先が、どちらかといえばヒロインよりヒーロー側に寄っている。

いや納得しかないが。相当貴重な意見にも拘らず一切役に立たないのが、小説家はもはや一周回って面白くなってきていた。力強く相槌《あいづち》をうつ。

「あ、でもヒロインが断るのも確かに良い手です。珍しさで興味を引くのは非常に有効ですし、不信感から好感に持っていける自信があるならこのまま」

「君達って全然似てない三人だなって思ってたけど、恋愛小説読めそうにないのがそっくりかなって」

「え？」

その後も開き直った小説家との会話は続いた。

リゼルも何かが違ったみたいだと思ったが、何も言われないなら良いのだろうと結論付けて気にしない。最終的にはしっかりと有意義な話し合いを終え、酷く満足げな小説家を見送って席を立った。

やはり本談義《だんぎ》は良い。アリムとも度々行うが、人が違えば意見も違って何とも楽しい。

リゼルは喫茶店を出た後、ほくほくとしながらギルドへと歩いていた。パーティで依頼を受けるのは明日の予定だが、良い依頼に目星をつけておこうかと考えたからだ。

何日も空けてしまえば、随分と依頼も様変わりしているだろう。一通り目を通そうと思えば、冒険者で混み合う早朝よりは今くらいの時間に限る。

装備は身に着けていないが、長居する訳でもないので良いだろう。そう思いながら到着したギルドの扉に手をかければ、同時に向こう側から引かれる感覚があった。

手を放し、道を開ける。

「ったく、報酬でいちいち揉めんのは勘弁ッ……お、おぅ」

「こんにちは」

団長演じる魔王に恋をするという、修羅《しゅら》の道を選んだ冒険者だ。

彼はリゼルを見て一瞬その足を止め、ぶつかった後続《こうぞく》に文句を投げられている。それに怒鳴り返し、ぐしゃぐしゃと襟足をかき混ぜる相手に、リゼルは送り出すようにもう一歩分足を引いてみせた。

冒険者は「じゃあな」と一声を残し去っていく。続くメンバーも扉から出てリゼルを目にする度、久々に見たなというように〝おっ〟という顔をして軽く手を上げてくれた。

この時間に依頼が終わったなら随分と順調だったのだろう。リゼルは微笑んで挨拶《あいさつ》を返し、最後の一人が軽く手をかけて開けたままにしてくれた扉を潜った。

ギルドは予想どおり空いている。

冒険者の相手をする必要がない為、事務仕事に精を出す数人のギルド職員。依頼が終わったパーティが一組。あとは何人かの冒険者達が、知人と話したり依頼について話し合ったりしている。

もれなく全員に〝おっ〟という目で見られたがリゼルは特に気にかけない。確かにここ暫くは、ジルやイレヴンでさえギルドを訪れていないのだ。好奇の視線を向けられる事もあるだろう。

さてと依頼ボードへと歩み寄ろうして、しかし足を止めた。ギルドに置かれている幾つかのテーブル、その一つに陣取っている二人の冒険者と目が合って進路をそちらに変える。

「こんにちは。ご一緒しても？」

「おう、久しぶりだな」

一人は先ほど擦れ違ったパーティの内の一人。

今のアスタルニアには、魔法使いと呼ばれる冒険者がリゼルを含めて三人いる。その一人が彼だ。知り合いを見つけ、彼だけギルドに残って話していたのだろう。

「一刀とかも見なかったしねぇ」

そしてもう一人が、その向かいに座る眠そうな目をした男だった。

魔法は練習すれば誰もが使えるようになるが、実戦で通用する程度の魔法となると使える者は酷く限られる。なにせ、ただ剣で斬るほうがよほど簡単だし早い。それ以上の成果を出せるような魔力量持ちには、冒険者よりよほど条件の良い職が幾らでもあるのだから。

よって魔法使いは非常に少ない。だからこそ互いに情報交換を欠かす事なく、そうでなくとも魔法使い同士でしか通じぬ話もあり、リゼルも時々会話に加わっていた。

「俺が風邪を引いてたんです。ごっつい風邪って言われました」

「…………ああ、あれ辛いよねぇ」

「…………俺かかったことねぇなぁ」

空いた椅子に座りながら何て事なさそうに告げるリゼルに、冒険者達が一瞬固まった。

品の良い顔でごっついとか言われると違和感が酷い。彼らは視線をそらしながらも何とか返答し、そういえばと先程までの会話を思い出す。

「そういやスポットがまた近付いてきそうだよねぇ」

「あ、そうなんですか？」

「おう、あと十日ぐらいじゃねぇか」

リゼルは少し体を傾け、警告ボードを眺めた。

角度的に見にくいが、確かに魔力溜まりを示す色が見える。森に出る時は注意しなければ。

「嫌だよなぁ、魔力中毒……俺すっげぇ頭痛くなんもん」

「嫌ですよね。俺も体中が痛いです」

魔法使いトークだなぁと、周りは何となく聞こえてくる会話に思う。

近付くとはいえ、海風の恩恵《おんけい》もあって決して国に危害を与えるような距離までは来ない。そんなアスタルニアで魔力溜まりの影響を受けるのは魔力の多い者のみ。ほとんどの国民は何も感じないし、言われないと近付いているのにも気付かないだろう。

アスタルニアは他国に比べ、魔力の多い者が少ないようなので安心だ。だが魔法使いともなると確実に被害を受ける。苦笑するリゼルに、頭が痛いと告げた男はトントンと親指でこめかみを叩いた。

「体中？　どっかの魔法使いで、全身筋肉痛っつうのは聞いた事あんな」

「それも辛そうですね。俺は皮膚《ひふ》です、凄く敏感肌になります」

「えっ、それ服着れないよねぇ。脱ぐの？」

「脱ぎません」

何故か期待を込めて聞かれたが、リゼルは穏やかに否定する。

ちなみに聞いた男は向かいに座っていたもう一人に脛《すね》を思いきり蹴られた。ガタンッと机が揺れる。

「痛《い》ッて……良いじゃんかぁ、仲間見つけたかと思っただけなのに」

「仲間？」

「そう。俺脱ぐからねぇ」

魔力中毒の症状で、という事だろう。成程とリゼルは頷いた。

魔力中毒は本当に人それぞれの症状があるので、服を脱ぐぐらいで驚きはしない。知らない人間はどうしてそれが耐えられないのかと思うが、頭痛などと同じく止めようとして止められるものではないのだ。

理解のある反応に、男が嬉しそうに笑った。

「それって暑くなるのとは違うんですか？」

「んー、何だろ。何かもう、服が嫌で嫌で仕方ないって感じかなぁ」

「前パーティの奴らに縛られてただろ」

「理解のないパーティってヤだよねぇ」

やだやだ、と溜息をつく男にリゼルが苦笑する。

確かに服自体が嫌だというのなら、程度によっては最終的に全裸になってもおかしくはないだろう。身内が公衆の面前で全裸になろうとすれば誰でも止める。

彼もそれは分かっているらしく、眠そうな目元には笑みが浮かんでいた。

「ココは良いよねぇ、多少脱いでも面白がるぐらいだし。その代わり魔力中毒に馴染みがないから、俺ただ脱ぐのが好きな人みたいに思われてるけど」

それは果たして良いのだろうかとリゼルは思った。

「むしろ煽《あお》ってくんのいるよな」

「煽られると脱ぎやすいなぁ」

「てめぇは本当にただ脱ぐの好きなだけじゃねぇの」

アスタルニアでは半裸など探さずとも幾らでもいる。

港にいけば大体の男がそうだ、下も脱ぎ始めなければ見慣れたものなのだろう。更に男だらけの冒険者ギルドともなれば面白がる者も多いようで、魔力中毒だと知ったうえで煽っているのかも定かではない。

ちなみにリゼルがそういった場面に遭遇した事はなかった。理由は推して知るべし。

「余所《よそ》ではそうでもないんですか？」

「そうだなぁ……王都《パルテダ》では放置かな。あそこって基本的に傍観多いし」

「ああ、言われてみりゃな。理解ねぇ訳じゃねぇし、普通に〝またか〟って流す奴が多い」

初めて滞在した国という事もあり、その評価にリゼルはややご満悦だ。

色々な国を転々とする冒険者だからこそ、その場の空気に馴染みやすいというのがあるだろう。行儀が良くなる訳ではないが、周囲から浮いていては協力関係も結べなくなるからだ。

それが国ごとのギルドの特色を生み出しているらしい。リゼルもアスタルニアに来たばかりの頃は、雰囲気の違うギルドに感心したものだ。

「あんたは前まで王都にいたんだよな」

「はい。確かに此処よりは落ち着いた雰囲気でした」

勿論ここの冒険者に比べると、というだけで基本は荒くれ者の集団なのだが。

リゼルは髪を耳にかけながら、懐かしむようにゆるりと微笑む。

「やっぱり冒険者になったばかりの時から知られてますし、ちょっと恥ずかしいですね」

恥ずかしげもなく恥ずかしいと言いきったリゼルに周囲の視線が集まった。

確実にギルド加入当初から何も変わってはいないだろう相手に、王都の冒険者達はさぞ振り回された事だろうとその視線はやや同情気味だ。

そして〝リゼルに関しては傍観というより見守りに近いんじゃ……〟と思った誰かの意見は正しい。王都の古株《ふるかぶ》の冒険者はリゼルは俺が育てたとか思っている。

「ジルも結構長い間いたみたいだし、やっぱり王都って活動しやすいんですね」

「そりゃな。暑くもねぇ寒くもねぇ、店も揃ってりゃ宿も多い。依頼も多けりゃ交通の便も良いしで離れる理由があんまねぇからな」

「逆にここは僻地《へきち》だから、一度来たら長居するけどねぇ」

それでも何故、冒険者が国から国へと移動するのか。

それは同じような依頼を受ける事に飽きるからだ。実力と相性を考えるとどうにも似たような依頼ばかりになってしまい、同じ迷宮に何度も潜る事になる。安定を求めるような冒険者などおらず、彼らは新たな刺激を求めて拠点を移動する。

「あ、サルスとかも面白かったなぁ」

最近よく聞く国名だと、リゼルはひらひらと片手を振る男を見た。

「俺は行ったことねぇな」

「俺もです」

「あそこはねぇ、脱ぐと凄い怒られた」

恐らく何処よりも魔力中毒に理解がある国だろうに、何を怒られる事があるのか。

特別肌を見せるのが好ましくないといった風潮もなかった筈だ。いや流石に全裸は怒られるだろうが、そういう事ではないのだろう。

リゼル達の問うような視線に、男はにんまりと笑う。

「魔法使いが魔力中毒を表に出すのは恥なんだって」

ぱちりと目を瞬かせるリゼルと、まるで理解ができないと顔を顰める男に、眠そうな目をした彼が満足そうに鼻を鳴らした。

「何だそりゃ」

「理解できなくはないですけど……魔力が多いほうが症状は強いんですし、むしろ表に出れば出るほど優秀なんじゃないですか?」

「だよねぇ」

ケラケラと笑う男を見ながら、リゼルは思案する。

そういう考えが普及している事には特に何も思わない。国ごとに考え方に違いがあるのは当たり前だ。しかしアスタルニアとは逆に、サルスには魔法使いが多いイメージがあるのだがどうしているのだろう。何とも可哀想な話だと、とある支配者や信者たちを思い出す。

「じゃあ魔力中毒になったらどうすんだよ」

「部屋に籠もんだって。人前で出さなきゃ良いみたい」

「ん、そもそもスポットが近くにあるんですか?」

「あそこって、川が国ん中に何本も通ってんだよねぇ。近くじゃないけど上流に結構でかいのがあるみたい、雨とか降ると影響出るって聞いたなぁ」

詳しい事は知らないようだが、彼にとってはそれで充分なのだろう。小難しい理屈や理論などに興味はないようだ、冒険者の魔法使いなど全員似たようなものだが。

リゼルはというと、エルフの別集落とかあったりするのかなと平然と考えている。

「あそこ魔法学院あんだろ。休みんなんの？」

「えー、知らない」

しかしふいに聞こえた会話に思考を中断し、そちらを見た。

「お二人は学院出身じゃないんですね」

「は？　あそこ出てりゃ冒険者なんかやってねぇよ」

そうらしい。

〝何で頭良くて知識もあんのにこういうの知らねぇの〟という視線が向けられるも、リゼルにしてみればこういった語られない常識こそが難しいのだ。世界を跨いでいるのだから仕方ない。

「なら、二人はどうやって魔法を身に着けたんですか？」

「俺はちっさい頃にちょい詳しい奴がいて、後は自己流」

「俺も似たようなものかなぁ」

大半の人々にとって、魔法など日常生活に縁のないものだ。

ただ身近に魔道具があれば魔力というものを知るし、必要であれば魔石に流し込む程度の事はできるようになる。幼い頃にそれを教えられ、更に魔法を見る機会があれば、自分でもやってみようと試したくもなるだろう。

危ないので大抵は親にしこたま怒られるが、それでもやろうとする子供はいる。大抵はよく分からずに諦めるが、魔力が多ければ何度だって試せるので感覚を掴める可能性が比較的高い。目の前の二人はそうやって魔法を身に着けたのだろう。

冒険者をやっている魔法使いはほぼ似たようなものだ。よってほとんどの魔法使いが自己流で、理屈も分からないまま感覚的に使っている。

「魔法学院だと教えてもらえるし、皆同じやり方すんのかなぁ」

「じゃねぇの、やりやすいんかね」

「やりやすいというより、理解がしやすい方法かもしれませんね」

「考えて魔法使うとか、時間かかりそうだよな」

実戦派は凄いなぁ、とリゼルは苦笑する。

試行錯誤《しこうさくご》のうえで最適化しているリゼルにとっては、完全に感覚というほうが理解しにくい。問題なく実戦で使えている事に変わりはないので、気にはしないが。

「秘密なら良いんですけど、その感覚ってどんな感じなのか聞いていいですか？」

「別に良いけどよ。どんなっつってもなぁ……こう、グァアッて気合込めて一点集中でドラァッて出してる」

魔法使いは何となく言いたい事が分かる。

しかし聞いている周囲は全く分からない。そんなものだ。

「俺はねぇ、あー……ゲロ吐く感じ？」

直後、彼は二度目の蹴りを脛に受けて撃沈した。

本当にそんな感じなのだろうし別に良い。それは良い。しかしリゼルという冒険者がいる時にそういう事を言われると居《い》た堪《たま》れないものがある、と冒険者達は常々思っている。

肝心《かんじん》のリゼルが気にせず、うんうん頷いているのが心底複雑だった。

「あー……言い方からするとあんたは習ったのか、魔法。学院じゃねぇんだろ?」

「はい」

テーブルに撃沈したまま動かない男を眺めていたリゼルが、投げかけられた質問に頷く。

そして口元を綻《ほころ》ばせた。その嬉しそうな笑みは敬意を孕み、それを向けられるイメージが強い彼が浮かべたそれを周囲が意外そうに見ている。

もはや何処ぞの王族に教えられたと言われても驚かない。そう思われている事など知る由もなく、リゼルはあっさりと口を開いた。

「俺の元教え子の、お父様に教えていただきました」

予想が的中したなどと気付かないまま、リゼル以外の全員が〝誰だ〟と内心で突っ込んでいた。


その後もしばらく情報交換という名の雑談は続いていたが、依頼を終えた冒険者達がチラホラとギルドに顔を出し始めた頃。それに紛れるようにギルドへ足を踏み入れた一人によって、雑談は終了を迎えた。

「リーダー」

「イレヴン」

音のない足取りで近付いてきたイレヴンに、リゼルは会話を止めて振り返る。

どうやら依頼を終えて帰ってきた訳ではないようだ。迎えにきてくれたのだろうと、同席していた冒険者に一声かけて席を立つ。

簡単に手を上げて見送ってくれる二人に、リゼルもひらりと手を振ってイレヴンへと歩み寄った。じっとこちらに向けられていた彼の視線が、ごく自然ながら何かを隠すように依頼ボードへと流される。

「有難うございます」

礼を告げれば、イレヴンの口がぐっと噤まれた。

リゼルは今日、夕食までには帰ると告げて宿を出ている。今はまだ時間的にも決して遅くなく、それでも迎えにきてくれたという事はそういう事なのだろう。

表情を緩めれば、彼は不貞腐れたように此方を見た。

「もう帰る?」

「はい」

頷けば、満足げに笑われる。

出掛ける際に何かを気にしている様子はなかったが、少し心配をかけてしまったらしい。今日はもう帰ったほうが良さそうだ。

「今日の夕食すっげぇ肉出るかも。肉の匂いしかしねぇし」

「ジルが大喜びですね」

「リーダー入る?」

「どうでしょう。一応頑張ってはみます」

風邪だったと知っているのに何故、と話しながら二人は並んでギルドを出た。

何か他に食べ物を買って帰るにしても宿主が泣きそうだ。王宮では胃に優しいものばかり食べていたので、食べられるかは不安ではあるが。

「あ、そうだ」

その時、ふとリゼルが思い出したかのようにそれを口にした。

「空き部屋を一つ、借りられるか宿主さんに聞かないと」

「は？」

一瞬理解できなかったイレヴンだが、すぐに嫌そうに顔を顰める。

彼がまさかと真意を探るようにリゼルを見るも、視線の先にある穏やかな微笑みは〝人魚姫《セイレーン》の洞《ほら》〟で芋《いも》を切りたいと告げた時と同じもの。これは絶対に説得される、と思わず口元を引き攣らせる。

だがイレヴンは知っている。自身やジルの了承を得ないまま、リゼルがそれを強行する事などない。ならば可能な限り抵抗してやろうと、その時が来るまで考えを巡らせるのみ。

そんな姿を眺めるリゼルもまた、許してくれると嬉しいんだけれどと苦笑していた。

121.

それは宿主による労《いたわ》りという名の、労りの欠片《かけら》もない肉フルコースを食べ終えた日の夜。

やはり肉ばかりは少し辛いものがある、とリゼルは重たい胃を擦りながら風呂上がりの脱衣所を後にした。肉とはいえ、それなりに食べやすく調理してあったのも幾つかあったのが救いだ。

いまだ水滴の落ちる髪を拭きながら、海で履いて以来ちょっと気に入っているサンダルで宿の中を歩く。火照《ほて》る頬をそのままにのんびりと食堂の開きっぱなしの扉の前を通りがかった時だ。

「(あ)」

何となくそろそろと近付いてみて、中を覗き込む。

そこには酒を飲み交わしているジルとイレヴンの姿。酔っている様子はないが、彼らは基本的に酒に強い。どれくらい飲んでいるかは分からなかった。

リゼルも胃を休めてから風呂に向かったので、今はもうそれなりに遅い時間になっている。晩《ばん》酌《しゃく》だろうか、と立ち去ろうとすればふいに二人の目が此方を向いた。

「なーに見てんスか、リーダー」

「どうした」

「いえ、何となく」

イレヴンにちょいちょいと手招かれ、髪を拭いながら食堂内を見渡した。

宿主の姿はなく、恐らくもう寝たのだろう。客が起きているからと付き合う義理もないのだから当然か。むしろ夜は食堂を閉めてしまう宿も多いという。

とはいえ二人が晩酌を始めた時には居たらしく、テーブルの上にはつまみが並んでいた。怖がっている割に面倒見の良い事だと感心しているリゼルは、宿主がつまみを用意する度に得られる臨時収入を非常に美味しく思っている事など知る由もない。

「リーダー、ほら」

「来んなら来い」

「じゃあ、そうします。服だけ置いてきますね」

テーブルに肘をついたイレヴンにひらひらと手を振られ、微笑んで自室へ向かう。

リゼルは酒を飲めないが、ジル達の晩酌には度々付き合っていた。ただ大抵が自身かジルの部屋なので、食堂で夜を過ごす事は滅多にない。

あれだけ夕飯を食べて、よくまだ入るものだ。そう思いながら鍵のかかっていない部屋の扉を開けた。真っ直ぐに開けっ放しの窓際へと向かい、そのついでに椅子の背に服をかける。

微かな夜風を受けながら黙々と髪を拭いた。また風邪を引いては大変だ。

「ふぅ」

それなりに乾いてきたかという頃、手を止めた。

内に籠もる熱を散らすように息を吐き、乱れた髪を手櫛《てぐし》で軽く整える。一つだけ開けていたシャツのボタンを閉じて、タオルを持ったまま部屋を出た。

階段を下りて、食堂を通りすぎて再び脱衣所へ。中の籠《かご》にタオルを入れておけば宿主が翌朝に洗ってくれる。自前の着替えなども同じく、ただしこちらは心づけが必要。

そして来た道を戻り、薄暗い宿内に明かりを零す食堂へ。

「あ、来た」

機嫌の良さそうな声を上げたイレヴンが、ズリズリと隣の椅子を引いてくれた。

更に促すように座面を叩かれ、リゼルは可笑しそうに笑いながらその椅子へと腰かける。

「お相伴《しょうばん》にあずかりますね」

「ん」

「有難うございます」

向かい側に座ったジルから木目の鮮やかなコップを差し出された。

もしや、と思ったが中身は普通に冷たいお茶。風呂上がりの冷たい飲み物は良いものだと有難く受け取り、一気に半分ほど飲み干した。はふりと息を吐く。

「何飲んでるんですか？」

「群島の地酒。何つったっけ、〝竜殺し《ベオウルフ》〟？」

「合ってる」

「へぇ」

酒瓶には半分程の酒が残っていた。

勇ましい名前のとおり随分と強そうな酒だ。瓶を引き寄せて顔を近付ければ馴染みのない香りがして、色々な酒を見付けてくるものだと思わず感心してしまう。

そして瓶を二人の前に返そうとした時だった。ジルの前に置かれたグラス、後一口分まで減ったそれを見付けて酒瓶の口を向けるように構えてみせる。溜息をつかれながら持ち上げられたグラスに、そろそろと瓶を傾けた。

「あ、ずる。俺も俺も」

「その飲み方、大丈夫ですか？」

残りを一気に飲み干したイレヴンを心配するも、本人は至って平気そうにグラスを差し出してくる。まぁ良いかと零さないように注げば、彼は満足そうに唇の端を吊り上げた。

今度は味わうように、一口ずつ飲み始める姿に笑みを零す。

「美味しいですか？」

「リーダーも飲む？」

「おい」

顔を顰めたジルに止められ、冗談冗談とイレヴンがカラカラと笑う。

それにしては本気だった気も、と思いながらリゼルも丁重に申し出を断っておいた。折角ベッド生活から解放されたのだ、二日酔いで逆戻りというのは避けたい。

「群島のお酒、珍しいものなんですよね」

「少ねぇは少ねぇな。つっても出回らねぇ程でもねぇ」

「腐るもんでもねぇし、結構入ってくんじゃねッスか」

酒にこだわる店を探せば一つはある、と告げた二人にリゼルは少なからず意外に思う。

酒場で最近よく話す港の作業員達からは、なかなか手が出ないと聞いていた。希少という意味だと思っていたし、実際にそうではあるのだろうが、あれは値段的な意味合いが強かったのかもしれない。

どんなに希少だろうが〝不味《まず》い酒に金は積まない〟と豪語《ごうご》するジル達。今も美味しく飲んでいるのだろう、何よりだ。

「そういや今日、何か依頼受けてきた？」

「いえ、ちょっと覗いただけです」

椅子を斜めに引き、やや体を此方へ向けながらイレヴンが問いかける。

「いねぇと思ったらギルド行ってたのか」

「何かありました？」

「ねぇ」

平然とした返答は、本当に用事があった訳ではなさそうだ。

ならば良かったと、リゼルは少しだけ温くなったお茶を飲む。

「今日しゃべってたのってアレじゃん。魔法使い？」

「そう、魔法使いトークです」

「分かんねー」

笑いながら酒を呷《あお》ったイレヴンが残り少ないつまみへと手を伸ばした。

一つだけ、と言いたいところだがリゼルの胃はいまだに重い。諦める事にする。

「イレヴンだって魔法は使えるでしょう？」

「遊び程度じゃねッスか。戦力にはなんねぇもん」

ムリムリと肩を竦めるイレヴンに、まぁそうかと頷いた。

魔力量が少ないイレヴンでは、どう工夫しても剣で斬ったほうが早いし強い。剣の腕が並外れているからこそ一層そう感じるのだろう、本人も魔法に関しては特別練習する気もなさそうだ。

「てめぇ手合わせの時に使ってくんだろ」

「隙作れればラッキー程度じゃん」

「そういえば攻撃っぽいのは見たことないですね」

迷宮帰りに馬車を待っている時など、ジルとイレヴンの手合わせを時々リゼルも見物している。その際に影での足止めなどを使っているのも見た事があった。

大抵は手合わせの開始直後。つまり始まる前に魔法の詠唱《えいしょう》を終えている。リゼルは「慣れです」と言いながら平然とやるが、他事を行いながら魔法に集中するのは酷く難しい。

「弱ぇしニィサンにはほとんど意味ねぇけど、コンマ一秒止めれりゃ大成功」

「そうなんですか？」

リゼルにはコンマ一秒の世界がよく分からない。

「だァって足止めしても普通に歩いて来るんスもん、この人外」

「流石に支配者さんの時はちょっと動きづらそうにしてましたけど」

二人の視線を受けたジルが、動けるものは動けるのだから良いだろうと眉を寄せる。

そのまま一口酒を飲む姿を、リゼルはじっと見続けた。コップに口を付けながら怪訝そうにされるも、気にせず見比べるようにイレヴンを向く。

「イレヴンの場合は、純粋に魔力不足っていうのもあると思います。ジルのほうが魔力自体は多いですし」

「使えねぇのに多いとか勿体ねぇー」

「うるせぇ」

ジルとて唯人《ただびと》として平均的な魔力は持っている。獣人であるイレヴンよりは多い。唯人より魔力の多い獣人も存在するが、それでも唯人の平均よりは少し上程度だ。イレヴンも獣人の中ではそれなりの魔力量を持つほうだろうが、唯人の平均には届かない。

魔法への抵抗力は魔力量に依存する。支配者の魔法に抵抗できるジルは規格外としか言いようがないだろう。

「じゃあエルフには魔法効かねぇってこと？」

「攻撃魔法に対して軽傷でいられるって事はないですよ。俺だってそうでしょう？」

「お前に浴びせた事なんざねぇだろ」

「例えばの話です、例えば」

やや気に入らなそうに告げるジルに、リゼルはほのほのと笑う。

「ただ、やっぱり拘束《こうそく》とか催眠系《さいみんけい》とかは効かないんじゃないでしょうか。魔力の差がありすぎますし」

「じゃあ強化系は？」

「他人の魔力では効きにくいと思います」

「ふぅん。まぁ、あいつらじゃ効いてもイミねぇけど」

そう都合良くはいかないかと、イレヴンが納得したように椅子に凭れた。

強化魔法は元の能力が高くなければ意味がない。エルフの細腕では強化魔法をかけたとして、腕相撲でリゼルに勝てるかどうかも微妙なところだ。

「自分で自分にかけんのも？」

「それは有りですね。ただ彼女達の体質が俺達と違う可能性もあるので、絶対とは言えないですけど」

自らに強化魔法をかけて好き放題していた元教え子の事を思い出し、リゼルは頷いた。

城を脱走する時に使っては最上階の窓から飛び降りたり、高い城壁を乗り越えていったりしたのをよく覚えている。リゼル的にはやる事さえやってあれば何も問題はないので気にしない。

「やっぱ完全に魔法効かねぇとかはねぇかァ」

「〃底なしの宝箱《ブラックホール》〃とかいんだろ」

「魔物は別。あれって食われるとどうなんの？」

「知らねぇ」

そういえば一度、宝箱を開けようとした瞬間に後ろからジルが蹴り潰した事があった。

魔物、と一言告げられて納得したがアレの事だったのだろうか。リゼルは魔物図鑑で調べてみようと内心で思いながら、ゆるりと微笑む。

「いえ、居ますよ。魔法が効かない方々」

「へぇ、そんなん居んスか」

全く初耳だと反応を返すイレヴンに対し、ジルはそういえばとグラス片手に視線を流した。

何時《いつ》かリゼルがそんな事を言っていた気がする。そう記憶を漁ってみたジルだったが、大した事は思い出せなかった。恐らく話半分にでも聞いていたのだろう。

「群島の何処かに住む民族で、魔力を持たない代わりに魔力の影響も一切受けないんです」

「何で？」

「それは分からないですけど」

リゼルも色々と考えてはいるが、未だにその理屈はよく分からない。

そもそも魔力とは、生き物ならば何であれ必ず持つものだ。それを彼らは一切必要とせずに生きられる。生物としての根幹が違うのか、何らかの環境に適応したのか。

アリムの書庫で見付けた本でその存在を知ったのだが、そこにも理由は書かれていなかった。

「でも、納得じゃないですか？」

「何が」

ふいに告げたリゼルに、ジルが手酌《てじゃく》で酒を注ぎながら先を促す。

「魔力の影響を受けない存在がいること。俺達はもう、エルフに会ってますし」

一瞬、ジル達は話が飛んだかと思った。

しかしすぐに考え直す。リゼルはその思考力により一から十まで一瞬で考えが及ぶが、それを無意識に行いすぎて過程を排除する事があった。今回もそれだ。

勿論、丁寧に説明しようと思えばできるだろう。それをしないという事は、思うままに口に出しているということ。その一言に常に責任が付きまとう立場だった男が、非常に気を抜いて話している証拠だった。

そう理解している二人がそれを不快に思う事はない。素直に疑問を浮かべて問いかける。

「どゆこと？」

「だって彼女達は本当に存在していて、しかもあんなに強大な力を持っていて、なのにただ〝凄い種族〟って語り継がれてるだけですよ？」

伝説上の存在、そう語られているのがエルフ達だ。

彼女達のイメージはというと、とにかく美人で魔力が豊富。素晴らしい魔法の使い手。絵本や小説で憧れいっぱいに語られ、実際多くの人々は彼女達を物語の中の種族だと信じているだろう。

しかし、それだけだ。唯人と獣人のように種族としての区別をされているだけで、圧倒的な力を持つ彼女達は今も平穏おっとりと暮らしている。

「あー……だからか」

「え、俺分かんねぇ」

納得したように頷いたジルに、イレヴンは雑に組んだ足を揺らす。

その時になってようやくリゼルは自身の説明不足に気付いたが、ジルが答えに辿り着けたならばと向けられた視線に微笑んでみせた。イレヴンがぐっと口を噤み、不貞腐れたように口に運んだグラスを齧る。

「……ヒント」

「そうですね……彼女達って、やろうと思えば街一つぐらい簡単に消せるんです」

「そういやそうか。今思うとやっべぇな」

「ですよね。そんな種族がいれば特別扱いしたくなっちゃいます」

しかし今、彼女達は恐れられても崇拝《すうはい》されてもいない。更に歴史を紐解いてみても、排他的《はいたてき》な思想が現れた事もなければ逆に支配層となった記録もない。

実際にエルフと知り合い、話してみても、長寿である彼女達からそういった話を聞いた事もなかった。むしろ至って普通の隣人のように関わっていたというのだから、平穏を好む彼女達は望んだとおりの暮らしを送れていたのだろう。

「あ、分かったかも」

ちょっと待ってとリゼルを制し、イレヴンが仰《の》け反《ぞ》るように天井を見上げる。考えを整理しているのか、「んー……」と唸るように喉を鳴らしている姿をリゼルは微笑ましく見守り、のんびりとその答えを待った。

ジルとつまみについて話しながら待つこと十数秒、反らした背がゆっくりと戻される。

「対抗勢力っつうこと?」

「正解です」

つまり圧倒的な力を持つエルフを、さらに圧倒できる存在がいる事で敵わぬ脅威だとはみなされなかった。恐らくそういう事なのだろう。

リゼルは褒めるように目元を綻ばせ、背筋を戻した反動のままに差し出された鮮やかな赤へと指先を通す。満足そうに目を細めたイレヴンが、もっと撫でろと掌へ擦りよった。

「さっき君が言ってたとおり、エルフも魔法がなければ華奢《きゃしゃ》な女性に変わりありません」

それに応え、髪を梳《す》いてやりながら笑みを深める。

「過去に最強と呼ばれた戦闘民族なら、十分な対抗勢力でしょう?」

ジルとイレヴンの視線がリゼルを射抜く。

恐らく反射的なものなのだろう。何処か好戦的なそれに苦笑し、撫でていた手をゆっくりと下ろした。リゼルも冒険者として強さを求めない訳ではないが、強者相手は流石に戦闘を避けたい。

離れた手に、イレヴンがわざとらしく拗ねたように視線を逸らす。しかしもう一つ逸らされない視線を、リゼルは真っ直ぐに見返した。

「残念。今はもう、狩りをしながら暮らす穏やかな民族みたいです」

「そりゃ残念だ」

鼻で笑ったジルに可笑しそうに目を細め、リゼルは手にしたグラスをくるりと回した。

彼らについて書かれていた書物は、およそ八十年前のものだったか。恐らく今も暮らしぶりは変わっていないだろう。

「それでも魔物狩りが生業《なりわい》のようですし、実力は確かなんでしょうね」

「冒険者みたいなもん？」

「そうかもしれません。あれ、群島って冒険者ギルドありましたっけ」

「ねぇ」

魔力がない故に、町中での暮らしは逆に不便なのかもしれない。

民族で独自の集落を作って暮らしていると書いてあったが、特別閉鎖的という訳でもないようだ。

ならば此方では冒険者が担うような仕事も、群島では報酬次第で彼らが請け負っているだろう。

「でもさァ、魔法効かなけりゃ最強って無理矢理じゃねッスか。つか何、ニィサンの親戚《しんせき》？」

「群島に親戚いねぇよ」

アホかと言わんばかりに返すジルの親戚は、今も彼の故郷で元気に暮らしている。

「勿論、武芸に秀でてる方々です。魔法どころか、大抵の剣も効かないみたいですし」

「剣が効かねぇって、どう」

言いかけたイレヴンが、ふと言葉をきって口元を引き攣らせた。

そのような人物に酷く心当たりがあったからだ。しかも最近。自ら剣を向け、斬り付けたのだから忘れようもない。気だるそうに頬杖《ほおづえ》をついていた片頬を浮かせ、視線だけをゆるゆるとリゼルへ向ける。

柔らかく品のある微笑みが、戯れるようにそれを告げた。

「初めての戦闘らしい戦闘が君とだなんて、可哀想でしたね」

「ッだよやっぱじゃん!!」

イレヴンは投げやりに声を上げ、ジルは呆れたように溜め息をついた。

「どうなってんだ、アレ」

「さぁ。体質、としか言いようがないのかも。触った感じは普通でしたし」

「剣とか生えてたけど。あれマジ?」

「まじです」

変な民族もいたものだと、ジルとイレヴンは思う。

過去に最強の名をほしいままにした者達相手に身《み》も蓋《ふた》もない言い方だが、彼らにとってはその結論以外はどうでも良かった。剣が生えようが花が生えようが、重要なのは唯一人に対して害になるかどうかなのだから。

「家に帰してあげたいんですけど、本には故郷の場所が載ってなくて」

「ハァ？」

名前も思い出せたようだし、何か他に思い出してないだろうか。そんな事を考えながらあっさりと告げたリゼルに、声を上げたのは不満も露なイレヴンだった。

何故、などとリゼルは言わない。その理由に気付けないほど鈍くはない。だからこそ嬉しい事だと目元を緩め、しかし発言を撤回する気もなかった。

「リーダーがそこまでする義理ねぇじゃん」

「引き抜くだけ引き抜いて放置って最低だと思うんです」

「怒ってた癖に？」

イレヴンの口元が歪む。

「あいつが無関係？　じょぉーだん」

彼は吐き捨てるように嗤《わら》い、椅子から身を乗り出した。

赤水晶のような瞳がリゼルの眼前に迫り、止まる。その瞳の真ん中、深淵《しんえん》の闇を思わせるような瞳孔が挑発するように、少しの隙も見逃さないというように縦に裂けた。

「許してんじゃねぇよ」

常より低い声が囁く。

威嚇《いかく》にも似た鋭さを孕む声。〝蛇に睨まれた〟というのはこういう事を言うのだろうかと、リゼルは静かに目を閉じる。ゆっくりと開き、瞬きもなく首を傾けてみせれば、目の前で細く絞られた瞳孔が僅かに緩んだ。

「イレヴン」

視線を逸らさず名前を呼ぶ。赤い瞳が一瞬揺れた。

しかしイレヴンはすぐにそれを隠し、渋々とした様子を隠す事なく元の姿勢へと戻っていく。ガタン、とわざと音を立てて椅子へと座ったのが彼の不満を表すようだった。

とはいえ会話の主導権は得られただろう。リゼルは機嫌を窺うようにチラリと寄越された視線に微笑み、何事もなかったかのように口を開く。

「許してませんよ」

あっさりと告げ、残り少ないお茶を飲んだ。

ただ傍観するジルと、胡乱な目をするイレヴンに言葉を続ける。

「簡単には許せない事をしたんだから」

「……じゃあ何で甘ぇの」

「特別甘いつもりもないんですけど」

引き込むだけ引き込んで、自分の為に動いてくれた者を放置するほど冷血なつもりもないとリゼルは苦笑する。そんな責任のない真似はしない。

だが、イレヴンの言いたい事も聞きたい事も分かる。酒の席で理屈っぽい説明をするのは遠慮したいが、何とか納得してもらわなければ。

「彼がした事を許さないのと、彼を許さないのはイコールじゃないんです」

「何で？」

「だって、もうしないでしょうから」

それを、リゼルは確信している。

「元々、命令されるままに動いただけで彼の意志ではなかった。彼自身が奪おうとしたなら許す気はありませんが、そうじゃないなら別に良いんです」

ジルもイレヴンも、実際にリゼルが何に対して怒ったのかは把握していなかった。

しかし予想はしていたし、その予想が間違っているとも思っていなかった。そして今、彼の口から零された〝奪う〟の一言に予想は確信となる。

二人の視線がリゼルの耳元へ向かった。静かに存在を主張するピアスは、ただリゼルの為だけにある。

「二度と奪おうとしないなら、許せない事を二度としないなら、もう怒る理由なんてないでしょう？」

罪を憎んで人を憎まず、などという綺麗事ではない。

一歩間違えれば無感情だと思われるような、無関心だと思われるような酷く傲慢な物言いだった。

「それができりゃ苦労しねぇんスよ」

「お前が良いなら良いんじゃねぇの」

しかしブスリと不貞腐れるイレヴンも、自分が口を出す事でもないと酒を飲むジルも、そうではない事を知っている。感情に振り回されない思考を以てして、同情も哀れみもなく事実だけを語っているだけなのだと。

実際、リゼルは気にしないと言ったら本当に気にしないのだ。

「俺ん時はジャッジが嫌っつったらダメとか言った癖に」

ブツブツと呟くイレヴンからグラスを差し出され、リゼルは微笑んで酒瓶を引き寄せる。

大分軽くなったそれを持ち上げ、傾けた。あまり飲み過ぎると以前のように翌日辛い思いをするのではと思うが、本人曰く〝まだまだ余裕〟らしい。

「彼はパーティ入りする訳じゃないし、良いじゃないですか」

「そうだけどさァ」

「てめぇよく覚えてんな」

「俺すっげぇショックだったし」

若干楽しんでいたような気も、と思いながらリゼルはジャッジの顔を思い浮かべた。

ふにゃふにゃと幸せそうに笑う姿に、元気でいるだろうかと最近貰った手紙の内容を顧《かえり》みながら懐かしむ。誘拐されたなどと告げたら失神しそうだ。

「それにジャッジ君は良い子だし、嫌だなんて言いませんよ」

「すっげぇ渋ってたじゃん！　リーダーあいつに夢見すぎじゃねぇの！」

「あっちのが夢見てんだろ」

惜しみなくリゼルを貴族扱いするジャッジは、実は本当に貴族だなどとは知らない筈だ。

なのに相応の扱いをされていなければ嫌がるのだから、ジルの言葉にイレヴンも思わず頷くしかない。むしろ貴族扱いではなく高級品扱いな気もした、商人だけに。

「いっそ趣味じゃん、あれ」

「尽くしたがりが尽くすに値するヤツ見付けてはしゃいでんだろ」

「あー……」

「いつも一生懸命だし、可愛いじゃないですか」

何であれ、リゼルにとっては慕ってくれる可愛い年下だ。

「前キレたあいつに話聞けっつって机ぶっ叩かれたんスけど」

「そんな乱暴なことしませんよ」

バレたか、とイレヴンが唇の端を持ち上げる。

実際は魔鉱国《カヴァーナ》に行く前、イレヴンを通してリゼルに尽くそうと尽力していたジャッジが話を聞いてもらえず、「聞いてってば……！」と言いながら机の上のメモをぺしぺししただけだ。

「そもそも誘拐した癖に調子良いっつうの？　此処にジャッジがいたら泣いて反対すんじゃねッスか」

「てめぇなんか殺しにきてたじゃねぇか」

「そうだけど」

「しかも脳天ですよ、脳天」

「そうだけど」

イレヴンは悪びれない。

反省していない訳ではなく、ただリゼルのように割り切っているだけだ。もしその点に関してリゼルが怒るのならば、殺されそうになろうと抵抗しないと決めている。

そうでないなら気にするだけ無駄だ。実際、リゼルも特に反省など求めていない。

「でも俺は売り込み頑張ったじゃん。あっさり甘やかされてんの見るとムカツク」

「すみません」

「リーダーにじゃねぇし」

リゼルの謝罪に、少しばかりバツが悪そうに視線を逸らした。

逸らした先には呆れたようなジル。イレヴンとて子供っぽい事を言っている自覚はあるが、隠す気もない本音なのだから仕方ない。開き直り、睨むように視線を返す。

「そうですね……」

そんな二人を眺めながら、思案するようにリゼルが呟いた。

「確かに負い目がある分、気を回しているところはあるんです。多分、イレヴンが引っかかってるのはそこなんでしょうね」

「負い目？」

「お前がか」

「はい」

地下通路で秘密と言ったが、聞かなければ納得ができないと二人が言うなら隠すつもりもない。

失態を告げるのは少し、恥ずかしくはあるが。

「俺が彼を、奴隷のまま縛っちゃったので」

コップの木目をなぞりながら告げれば、ジルが怪訝そうに眉を寄せる。

「元々そうだったんだろうが」

「でも一度、真っ新《まっさら》になったんです。陛下の魔力が、彼を縛るもの全てを掻き消した」

魔力の影響を受けない筈のクァトが、それでも余分なもの全てを薙《な》ぎ払《はら》われた。

その時がチャンスだったのだ、クァトが奴隷から人に戻る為の。あの時に教えてあげれば、きっと彼は完全に解放されていた。

「でも怒ってたし、信者さんが錯乱《さくらん》してて暇もなかったしで、そうしてあげられなかったんです」

「自業自得だろ」

「本人嬉しそうだし良いんじゃねぇの?」

そう言われるとそうなのだが。

奴隷のままだから嬉しそうなのではと言いたいが、人になったクァトも同じように喜びそうなので何とも言えない。クァトの従順な性質は恐らく生来のものだ。

だが、それでも。変わらず本人の意思だとしても、戦奴隷《ソードダンサー》としての尊厳を取り戻してやりたかった。もしかしたら、それもリゼルの自己満足なのかもしれないが。

「当初の目的が、それだったんです。引き入れる為の最低条件でしたし」

「じゃあもう良いじゃん」

「違いますよ。だから、なんです」

「何で？」

普通に問われた。無償の善意だと思ってもらえないあたりが少し寂しい。

「……お前な」

ふいにジルから一つ、溜息が零された。

彼は肘をついた手で持ち上げていたグラスをテーブルの上に置き、口を開く。

「怒ったの恥ずかしいからってなかった事にしようとしてんじゃねぇよ」

「は？」

イレヴンがリゼルを見る。

リゼルは困ったように微笑んだ。

ジルがそれを見て鼻で笑う。

「あっ、そういや地下で恥ずかしいとかリーダー言ってた」

「いい年して割と本気で怒ったのが地味に恥ずかしいです」

「悪ぃ事でもねぇのに気にしすぎだろ」

言い放つリゼルは、確実に感情を荒らげる事を控えたがる貴族社会の男だった。

ただクァトを人に戻したいというのは本心だ。たとえ本人が気にしていなくとも、戦奴隷という民族の真価を理解しているリゼルには放っておけない。

「あー、でも何か納得した」

「良かったです」

気が抜けたようにテーブルに懐くイレヴンの髪を、リゼルはゆっくりと梳いた。

ひとまずクァトを故郷に帰す事への反対はなくなったようだ。宿主に一部屋空くか聞いてみなければ、と考えながら艶のある鮮やかな赤を掬う。

クァトについても聴取が終われば知らせてくれるとアリムは言っていたが、暫くは色々と聞かれる事もあるだろう。今すぐに必要という訳でもないので急ぐ事もない。

「仲良くしろって言ってできるものでもないでしょうし、やり過ぎなければ好きにしてください」

「そんなら楽だけど」

最後によしよしと頭を撫でれば、イレヴンは機嫌が良さそうに目を細めた。

「どうですか？」

それに安堵したリゼルの視線が、可否を問うように今度はジルへ。

事実、問われているのだろうとジルは理解している。自身かイレヴンが本気で拒絶すれば、リゼルは自分でクァトを人に戻そうとはしない。相手を悲しませる事なく自然に、優しく故郷へと送り出す。

後は家族に任せようと、それで終わらせるだけ。

「好きにしろ」

しかしリゼルもまた、ジル達がそう言わない事を理解している。

好きなようにしろというその言葉に、嘘偽《うそいつわ》りなどいつだってないのだから。だからこそ話を切り出せるのだ。

リゼルは破顔し、ジルによって差し出されたグラスに酒を注ぐ。瓶は後少しで空になりそうだった。

「そういえば、二人で飲むときは互いに注いでるんですか？」

「な訳ねぇだろ」

「手酌ッスよ、手酌」

一体何を言っているのかという顔をされると釈然《しゃくぜん》としないものがある。


クァトは冷たい石畳の上、そこに敷かれた布の上に胡坐《あぐら》をかいてぼうっとしていた。絨毯代わりの布は分厚く、全体に細やかな刺繍が施されている。冷たい床に直《じか》に座るよりはずっと暖かく、さらに高い位置にある小窓から差し込む光も心地良い。

そこでぬくぬくと日光浴するのが最近の彼のお気に入りだった。

「(生まれた、所……)」

そうしてのんびりと過ごす内に、少しずつ奴隷になる前の事も思い出せていた。

初めに思い出したのは、戦奴隷としての本能。次に、自分の名前。クァト、と優しくて心を従えるような声に呼んでもらえなかったのは悲しかったが。

「(……、……故郷)」

どんな所だっただろうかと、うーんと背を反らすように石の天井を見上げる。

奴隷でいた頃は思い浮かべもしなかったし、それが当然だった。いきなり思い出そうとしてもなかなか上手くいかない。何せ十年以上も前の事である。

でも、とクァトは鈍色の瞳を閉じた。

『故郷の事、何か思い出したら教えてくださいね』

此処へと来る前に、幾つか告げられた約束事。その最後に、そう付け加えられた。

約束事は簡単だ。暫く拘束されるが抵抗しないこと、質問をされたら何でも答えること、ただしどうしても嫌だと思ったら答えなくて良いこと。

痛い事とか辛い事をされそうになったら、相手を傷つけないように抵抗していい。できるかどうか分からなかったが、〝できるでしょう〟と微笑まれたのだからできるのだろう。

「(嫌、ない)」

パチリと瞳を開き、ひとつ頷く。

されて嫌な質問はされていないし、此処を訪れる虎の獣人にも痛い事などされていない。時々ここを訪れて質問していく布の塊は、見る度にビクッとしてしまうが。

食事も一日三回出るし、今まで使った事のないベッドというものはとても柔らかい。実際は少し硬いぐらいのベッドなのだが、クァトにしてみれば充分に柔らかかった。時々触っている。

「故郷、故郷」

脱線しかけた思考を、記憶を手繰《たぐ》るように呟いて引き戻す。

思えば、地下通路で囚われていた時からリゼルはクァトの故郷を聞きたがっていた。なら、頑張って思い出さなければと眉を寄せる。

「(…………泉)」

ふと、一つの情景が思い浮かんだ。きっとまだ小さかった頃の記憶だ。

渓谷《けいこく》の底、見上げた空には満月があった。切り立った崖《がけ》が空から月を切り取って、その月明かりが真っ直ぐ自分へと降り注いでいたのを覚えている。

「(親……?)」

記憶の中でぎゅっと自分の両手を握り締めていた男女、そう、両親だ。

キラキラと、月の光が降る光景に目を奪われていたクァトを促した。月明かりの真下にあったのは青く澄んだ小さな泉で、月明かりを空に返すように神秘的に煌《きらめ》いていて凄く綺麗だった。

「(泉、入った)」

子供の腰ほどの深さだった、あまり深くはなかったのだろう。

肩まで浸かるよう言われて、水底に小さく胡坐をかいて座った。音のない夜だったのに、光が降り注ぐ音が聞こえた気がした。

少し俯いて唇を水面に寄せた時、視界が優しい光に満たされて酷く落ち着いた覚えがある。

「似てる」

小さく呟き、小さく笑む。

しかし、何故自分はあんな所にいたのだったか。クァトはうんうんと悩みながら、泉から記憶を遡《さかのぼ》っていく。

「(…………入れ墨)」

ふと、自らの褐色の肌に刻まれた入れ墨が目に入った。

そうだ、と一つ瞬く。あの泉には、入れ墨を入れに行ったのだった。

何かの植物とか、何かの鉱石とか、よく覚えていないが色々なものを混ぜたものを体に塗る。それは満月の日でないといけなくて、その日の夜に泉に入ると色が肌に移るのだ。

「(これ、喜ぶ)」

多分、こういうのは喜ぶだろうとクァトは一つ頷いた。

他に何か思い出せないかと、必死に記憶を掘り起こす。

「(母親……?)」

確か、母親が入れ墨を描いた。それが決まりだったのかは分からない。

何だか思い返してみると、ちょっと失敗したとか言われた気がする。そんな馬鹿な。これは内緒にしようと一人こっそり決意した。

一つ思い出すと、数珠《じゅず》繋がりに色々と思い出せるものだ。クァトは日の当たる背中がぽかぽかして眠くなるのを感じたが、折角思い出してきているのだからと鈍色の髪を振って眠気を飛ばす。

「(家)」

入れ墨を描いてもらっていた時の記憶は、家の中。

そう、家は確か渓谷の中にあった。崖に張り付くように足場が組まれ、その上に家があった。

家と家をつなぐように組まれた足場は村中を繋いでいて、上の階への梯子があったり、小さな橋があったりした。広くはない渓谷だったから、向かい側にも村は続いていて幾つもの吊り橋で繋がっていた。

「(上、に、荒野《こうや》)」

渓谷の上はひび割れた地面が広がる荒野だった。

よく上がって遊んでいた気がする。同じような小さな渓谷があそこには幾つもあって、泉もその中の一つにあった筈だ。場所は覚えていない。

「(………舟?)」

村以外の記憶は曖昧だ。

思い出せたのは一つだけ、一番新しい記憶だろう。初めて父親について、魔物を色々なものに交換する為に人がたくさんいる町に行く事になった。

荒野を歩き、途中で小舟に乗った気がする。そこも小さな村だったか。気付くと町についていて、はぐれないようについてこいと言われて、父親の後ろをついて歩いて、そう、港町だった筈だ。

「大きな船」

思い出した。パチリと目を瞬く。

そこで見た事もない大きな船を見たのだ。大きな白い帆は太陽の光を遮って、港に大きな影を作っていた。真上にあった船首も遥か高い位置にあった。

それに物凄く感動したクァトは父親の言い付けを破り、勝手に船に上がりこみ、そして停泊中だというのに滅茶苦茶酔った。町への道中での小舟に関する記憶がないのも恐らく同じ理由なのだろう。

そして身動きもとれず隅っこでぶっ倒れていたら、いつの間にか出航していた。

『無断侵入の上に無賃乗船か、恐れ入る』

それが支配者による群島の魔物調査船だった。せせら笑われた。

気が付いたら目的地までついていて、色々あって魔法が効かない事を知られて、船代分は働いて返せと言われてサルスまで連れていかれて、言われたとおりに働いていたらいつの間にか今の状態になった。

「(多分、いらない)」

この辺りには恐らく興味がないだろう、クァトは思考を打ち切る。

そういえば船代は返せたのだろうか。そう大した事をした覚えはないが、返す事ができていればいい。

「おい、飯だぞ」

ふいに声をかけられ、顔を上げる。

檻の向こうには食事を手にした虎の獣人が立っていた。漂ってきた良い香りに酷く食欲が刺激され、クァトは色々と思い出す作業を一時中断する。

今日は色々と思い出せた。教えたら喜んでもらえるだろうか。

「(待つ。……来て)」

迎えにいくまで待っていて、と言われた。だからクァトはずっと待つ。

クァトは手を差し伸べてくれる清廉な姿を思い描いてほっこりとしながら、置かれた食事へと手を伸ばした。

122.

アスタルニアの冒険者ギルドの中は今、異様な雰囲気に包まれていた。

リゼルが何やらやらかしたのとは違う剣呑《けんのん》な雰囲気。依頼を受ける冒険者達で賑わう時間帯にもかかわらず、メンバー募集の声も依頼の奪い合いの声も上がらない。不快げな騒《ざわ》めきのみがギルドを満たす。

原因は一人の客人であった。男は恰幅《かっぷく》の良い体をギルドの椅子に乗せ、指という指につけた大ぶりの宝石が光る指輪をカチカチと鳴らしながら、厭味《いやみ》ったらしくその両手を組む。その目は時折、ギルド内を行き来する冒険者を見下すように一瞥していた。

その正面に座るのはスキンヘッドがトレードマークのギルド職員。彼は苛立ちを抑えるように腕を組み、自らを落ち着けるように低くゆっくりとした声で話す。

「だから、できねぇって何度言や分かる」

「できない筈がない」

男は明らかに馬鹿にするように鼻で笑った。

彼はギルドの常連であり、商人だった。商売で国と国とを行き交う機会が多く、その度に護衛の依頼をギルドへと出している。性格に難はあるが金払いが良く、ギルド側は毎度上乗せされる依頼料を武器に引き受けてくれる冒険者を探し、指名依頼として頼み込んでいた。

「いつもと同じ交易ルートだろうが。サバぁ読んでもBにしかならねぇぞ」

「金なら積むと言っている。私に相応しい冒険者を優先的に回す程度、簡単な事だろう？」

「依頼の難易度でランクは分けてる。金を積んだら高ランクって訳にゃいかねぇ」

そんなギルドの最大限の考慮も、男には伝わらなかった。

あろうことか金を出すから自分の依頼を高ランクにしろと。つまり自分の護衛には上位ランクの冒険者を宛《あて》がえと、そう言ってきたのだ。ギルド側は到底受け入れられない。

「全く不可能とは言わねぇ、高ランクの冒険者が低ランクの依頼受けんのは自由だからな」

最近まで正直言うと忘れていた事実を口にしながら、職員は変に歪みそうになる口元を引き締めた。

「なら、そう働きかければいいだろう」

「依頼を選ぶのはあくまで冒険者だ。正直言や、護衛任務自体人気がある依頼じゃねぇんだよ。断られんのがオチだ」

「私の依頼を断る？……流石、価値など分からん野蛮な冒険者共だな」

ざわり、とギルドにいた冒険者が殺気立つ。

それに気付いた職員は、顔を顰めて痛む眉間を揉んだ。だから別室で対応すると提案したというのに、と後悔するがもう遅い。最初に狭苦しい小部屋など息苦しくて適わないと宣ったのは目の前の男なのだから。

どうせこの場で依頼の話を持ち出せば、周りの冒険者が尻尾を振って媚《こ》びへつらうとでも勘違いしているのだろう。確かに見栄を張って報酬は高額だが、これだから彼の依頼は人気がないのだ。

「(優越感に浸りてぇならまともな奴になってこい、豚野郎……っ)」

これで人格者ならば狙った展開にもなっただろうに、と内心毒を吐く。

依頼が入る度に受けてくれる冒険者を探すのは職員なのだ。毎回毎回苦労しているのだから、それぐらいは許してほしい。

「ッだコラオイ!!　黙って聞いてりゃフザけた事ぬかしてんじゃねぇぞ豚野郎!!」

必死に内心で留めた努力も今まさに無に帰したが。

「ひっ……だ、誰に向かってそんな口を利いている！　冒険者は躾《しつけ》もされてないのか！」

「豚に利いてんだよァア!?」

「躾が要んのはテメェだろうがきったねぇ声で鳴きやがってよォ!!」

耐えきれなかった冒険者から飛び出したドスの利いた怒声に、商人である男は思わず小さな悲鳴を上げた。それもそうだろう、命の危険さえある戦闘を日々乗り越える彼らの殺気はそこらの粋がった不良とは格が違う。

「止めねぇかガキ共ォ!!」

巻き舌もフル活用で悪態をつく冒険者達を黙らせようと、職員も拳をテーブルへ叩き付けながら吠えた。

相手は一応は常連であり、嫌味ではあるものの金払いの良い顧客なのだ。伝手《つて》を持っておくに越した事はなく、怒らせて面倒な事になっては後始末に膨大な時間がかかる。

「テメェこそ喧嘩売られて黙ってんじゃねぇぞ情けねぇ！　さっさとこの豪華な豚の尻蹴り飛ばして黙らせろや‼」

「この金撒《ま》くしか能がねぇ豪華な豚転がして金ばら撒かせりゃ依頼もちったぁマシになんだろうがァ！　誰の為に我慢して豚の相手してやってっと思ってんだクソガキ‼」

詰んだ。

飛び交う暴言に、「あーあ」と比較的冷静なギルド職員や冒険者の心中が一致する。そんな彼らも唖然としている商人の男を見て両手でサムズアップをしている辺り、決して苛立っていない訳ではないのだろう。

「っいい加減にしろ！」

怒号を遮るように、怒りに顔を赤くした男が叫ぶ。

「冒険者が冒険者なら上も上だな、こんな野蛮な奴らに囲まれてると思うと吐き気がする！」

「……言っとくが、先に喧嘩売ったのは」

「黙れ‼　貴様らの頭の悪い言い分など知ったこっちゃぁない！」

彼はガチガチと指輪を鳴らしながら拳を握り、その両手をテーブルへと叩きつけた。

それを見て、職員は吐き出しかけた溜息を呑み込む。完全に失言をしてしまった。責任をとってどうにかしろという同僚からの視線が痛い。

なにせ相手はただの常連というだけでなく、ギルドの物品購入に関わってくる商人だ。

「だから私は上位を寄越せと言ってるんだ！　こんな下賤《げせん》な奴らが護衛なんて耐えられるか！」

「なぁ、おい、ちょっと落ち着け」

「とはいえ、上位だろうが似たようなものだろうがな！　職員でさえこれだ、大した奴らなんぞいないだろう！」

「……だから、あんま周りを煽んじゃねぇ。上位に憧れてる奴も少なくねぇんだ」

「ハッ、憧れだと？　私の依頼を蹴るような恥知らずが、栄誉など知らぬ物知らずがか！」

ブチリ、とギルド中で何かが千切れるような音がした。気がした。

上位ランクは全ての冒険者が目指す場所。職員の言う憧れなどという綺麗な感情は持たずとも、無礼な商人に貶《けな》されれば怒りを覚える何かが確実にある。

恥を知るからこそ彼の依頼を受けず、栄誉を知るからこそ上位に立っているというのに。的外れな意見に、職員の額にさえ憤怒を示すような青筋が浮かんだ。

「どうした、頭を下げて謝るなら許してやらん事もないぞ」

そんな事など露知らず、自身を落ち着かせようとする職員の態度を男は己の優位だととったのだろう。恰幅の良い体を無理に仰け反らせ、見下すように宣言する。

勝利でも確信しているのか。その顔は笑みに染まっていた。

「所詮、冒険者なぞ力に物を言わせる低俗な生き物だ。寛大な私は暴言を吐いた者全員の謝罪で許してやろう」

それには我関せずと依頼を選んでいた冒険者達も黙ってはいられなかった。

「ッざ、けやがってこの豚ァ！」

「てめぇが地面転がってろクソが!!」

「俺グッジョブしただけで何も言ってねぇわ。ラッキー」

「事態をややこしくしてんじゃねぇテメェら！」

上がった非難を一喝《いっかつ》し、職員は男を睨み付けた。

元々強面《こわもて》なだけあって酷く迫力ある顔だったが、商人の男は厭味ったらしく笑うのみ。それに対し、もうギルドの利益など度外視してぶん殴ってやろうかと思う程度には、職員もまたアスタルニアの男だった。

そして目の前の厭らしい笑みが、嘲るように深くなる。

「ほら、早く誠意をもって私に謝らないと、今後必要な品が手に入らないなんて事になるかもなぁ？　ああ、そうだ。冒険者の中に私に匹敵《ひってき》するような品を感じさせる者がいるなら、これからも付き合う価値ありと見て許してやっても良いが」

不可能と知りながら告げる、何処までも馬鹿にし尽くした態度。

ギルドの空気が一気に殺気を孕み、重く膨れ上がる。もはやそれは冒険者と職員を問わない。そして誰かが、誰もが行動を起こそうとする中での最初の一人である誰かが、男のニヤケ面を潰そうとした瞬間。

「――――……って言っても、そんなの前にジルが丸焼きで」

全く以て場違いな穏やかな声と奇妙な話題を伴い、ギルドの扉が開かれた。

空気読めと怒鳴られても仕方のないタイミング。しかし寸前までのいつ破裂してもおかしくはない空気は綺麗に消え失せた。誰もが現れた一人の冒険者を凝視する。

「?」

視線を一身に受けたリゼルは、開きかけた扉をピタリと止めた。

さりげなくギルド内を見渡し、何かを納得したように一つ頷き、そして。

「……」

パタン、と何事もなかったかのように閉められた扉に、ギルドが静寂に包まれたのは一瞬の事であった。

「逃げたぞ!」

「追え!」

そんな声が上がったのは、その場のノリとしか言いようがない。

誰しもが直前まで抱いていた不快感や怒りを忘れ、扉へと殺到する。次々と駆け出していく冒険者に商人の男は再度唖然とするしかなく、職員は仕方がなさそうにスキンヘッドを撫でた。

「穏やかさんどっち行った!」

「あ、居た! 捕まえ……ぎゃぁぁぁぁ一刀も居た!」

「違う違う違う、危害を加えようとかじゃ全然ッすんませんすんません!」

外から聞こえる賑やかな声に、どうしようもない奴らだと緩んだ口元はすぐに隠された。

取り敢えずギルドにいる豚とちょっとだけ話してほしい。

何も特別なことはしなくていい、ちょっとだけで良い、いつもどおりで良い、だからお願いします。以上、何かしら騒動が起きているなら後でまた来ようとギルドを去ろうとしたリゼルを追いかけてきた冒険者より。

口々にそう告げられ、リゼルは状況がいまいち摑めないながらも〝まぁ話すだけなら〟と頷いた。

普段はこれほど積極的に話しかけられないので興味が湧いたとも言う。

ジルとイレヴンと一緒にギルドへ戻り、扉を潜った。

「(豚？・)」

ギルド内を見渡しても目的の姿はない。

他人への罵詈雑言《ばりぞうごん》に基本的には縁のないリゼルだ、すぐに理解できずとも仕方がない。話せと言うのなら人なのだろうかと考えていれば、ふいに視線の先で馴染みのギルド職員が一つの席を空けた。

コンコン、と椅子の背をノックされる。そこに座れという事だ。

「(今まで職員が対応してたなら、相手は依頼人とかなのかな)」

何かを問うように片眉を上げた職員は、〝どちらでも良いぞ〟と告げているのだろう。

恐らく案件としてはギルドが責任持って対応すべきこと。だが話すだけならば特にどうという事もない。少しばかり、状況を楽しんでいるというのもある。

「俺らいる？」

「いえ、二人で依頼でも選んでてください」

耳元で問いかけてくるイレヴンに、微笑んでそう返す。

そう長い話にもならないだろう。ジルとイレヴンも納得したように頷いて、依頼ボードの前へと歩いていった。病み上がりの身に多少は配慮した依頼を選んでくれると信じたい。

「(配慮はしてくれるだろうけど、基準が違うからなぁ)」

こういう時に実力差というのを思い知る。

できないものはできないと伝えるから別に良いのだが。リゼルはそんな事を思いながら、示された椅子へと歩を進めた。何故かやけに周囲の視線が集まっている。

「俺に話があるって聞いたんですけど」

「まぁ、目の前の客人が少しな」

職員に顎で促される。

そちらを見れば、いかにも金持ちらしい恰幅の良い男が座っていた。その体型から不本意な異名を得たのだろうかと、極々《ごくごく》純粋に考察していると怪訝そうな視線を返される。

それにゆるりと微笑んでみせ、リゼルはちらりと職員を窺った。男から見えない角度でスッと立てられた親指。何かしらの報酬はあるようだと、可笑しそうに笑いながら椅子へと手をかける。

「お待たせ致しました。お話、伺いましょうか」

音もなく引かれる椅子に、ただ腰を掛けるだけの仕草と微笑みに男は呆然と見入った。

背もたれを使用しない姿勢は美しく、どこまでも自然体。紡《つむ》がれる声やその唇の動きさえ清廉と浮世離れした空気を醸し、テーブルの上で絡んだ指先でさえ品がある。

反応を返さない男に、促すように微かに首が傾けられた。するりと頬へと滑った髪にさえ視線を事だった。

奪われる。相手の名も地位も知らぬまま、その存在を高貴であると感じたのは男にとって初めての

「何故、ここに」

喉から絞り出されたのは湧き上がる疑問。

直前まで交わしていた会話と全く結びつかない相手の登場に、完全に意表をつかれていた。目の前の人物が何故ギルドにいるのか理解ができない。

「何故って」

それこそ、何故そんな事を聞くのかと。

当然そうに綻んだアメジストから眼が離せなかった。

「依頼を受けに、ですけど」

それはつまり、と男は絶句する。

同時に、ギルド中の冒険者が無言で全力のガッツポーズを決めた。ちなみに至って平然と依頼を選んでいたジル達は突然の力強いリアクションにちょっと引いた。

「うちの穏やかさん舐《な》めんなコラァ！」

「豚が調子こきやがって思い知ったかァア!?」

「そういやさっき……ヒソヒソ……匹敵とか……」

「匹敵の意味とかさ……ヒソヒソ……知らなヒッソヒソ」

外野が煩い。商人の男が自失していたのが幸いか。

リゼルは噛みついたり露骨にヒソヒソしたりする周囲に苦笑し、これで良いのだろうかと目の前の男を見る。恐らく彼が何かしら冒険者の逆鱗《げきりん》に触れ、自分が担ぎ上げられたのだろうが。

その内容も想像がつかなくはなかった。目の前の男のような存在が冒険者にどういった評価を下すのか、想像するに難くない。

「今回は依頼の申し込みを？」

「は、はぁ……いや、そうだ」

問いかけるリゼルに、男が気の抜けたような回答を咳払いで誤魔化して鷹揚《おうよう》に告げる。

その姿勢は無意識の内に取り繕われ、偉そうに凭れていた背を微かに正していた。

「商業国《マルケイド》に帰るのに護衛を雇《やと》おうと思ってな」

「ん、やっぱり商人の方なんですね」

「ほう、分かるか」

「ええ」

男は満足げに一度、二度と頷いた。

冒険者だと知って尚、知られているという事実が彼の自尊心を大いに満たす。本人も気付いていない無意識だからこそ、まごう事なき本心だった。

「その指輪、とても質の良い宝石です。細工は……カヴァーナでしょうか」

「おお、おお、そうだ。魔鉱国の職人の一点物でな、特別に誂えさせた気に入りなんだ」

「それ程のものを手に入れられる人脈をお持ちなのが、何よりの証拠でしょう？」

男は機嫌が良さそうに鼻を鳴らし、指輪を光に反射させるようにカチカチと動かす。そしてその意地が悪そうな笑みに歪んだ唇を、試すように動かした。

「何だ、最初から私を知っていた訳ではなかったか？」

それに対し、困ったように眉尻を落としたリゼルは髪を耳へとかけながら告げる。

「申し訳ございません。俺もまだ、上位に届くランクではないので」

だからこそ知らなかったのだと。

男が出す依頼は上位のものだろうから、護衛依頼を出すとそこに位置づけられるような立場だろうから知らないのだと。そういう意味なのかと、男はつい先程まで抱いていた苛立ちを完全に忘れて気分を高揚させる。

こういうの上手いよな、とはジルの談。

「ははっ、分かる人間には分かるものだな！　そこに突っ立っている見る目のない職員に聞かせてやりたいものだ」

しかめっ面を動かさない職員をちらりと窺い、リゼルは成程と内心で零した。

確執《かくしつ》の原因がここなのだろう。依頼に見合わぬ高ランクの冒険者を寄越せというのは、まだまだベテランとは呼べないリゼルでさえ無理だと知っている。

「護衛依頼のランク付けは複雑ですし、俺にも詳しくは分かりかねますが」

「それにしても私程の商人の護衛なんだ、AランクやSランクが相応しいとは思わんか」

Sランクの護衛など、どこぞの王族が魔物の巣を横切ろうとしない限り有り得ない。

そうジルに聞いた事があるリゼルからすると、流石に盛りすぎなんじゃないかと思わずにはいられない。証拠に、商人の男の後ろでは身の程を知れとばかりに無言で煽り倒す冒険者の数々。ちょっと面白い。

「貴方程の商人だから、かもしれませんね」

そんな考えをおくびにも出さず、リゼルは微笑んだ。

「ふむ、どういう事だ？」

「アスタルニアからマルケイドまでの商隊護衛というと、基準はBかCランクでしょうか。そのランクの冒険者の中には、実は上位ランクに匹敵するような実力を持つ方も少なくないんです」

興味を示した男に、リゼルは心を落ち着かせるような声で続ける。

告げた言葉は真実だ。周囲と全く協調しようとしないジルやイレヴンとは違い、リゼルは周囲が遠慮する事はあれど自ら関わるのを一切遠慮しない。

知り合った冒険者の中には、確かに上位に匹敵する実力を持ちながらもランクアップできない面々がいた。本人達は意外と気にしてはいなさそうだったが。

「実力はあっても固定パーティを組む気がない方は、上位依頼の安定した達成が難しいと判断されてしまいます。また、一つのジャンルが得意な冒険者も上がりにくいようです」

上位の依頼も一人で問題なく達成できるのならば話は別だろうが。そんな者など一部の例外を除き存在しない。ちなみにその例外は依頼ボードの前でアレじゃないコレじゃないと話し合っている。

「ランクアップには総合力が必要なので、例えば討伐《とうばつ》系の依頼ばかり受けていても上がりにくいみたいですね」

リゼルが視線を送った先、職員が当然だと言わんばかりに頷く。

それに対し男は話を聞いているのかいないのか、ご満悦だという態度を隠そうともしない。瞳の動かし方さえ品が良い、そんな相手に接待を受けているのだという優越感に浸りきっていた。

「成程、成程。ならば、護衛だけなら上位に引けをとらない奴らも居るという事だな？」

「ご慧眼《けいがん》、感服いたします」

分かりやすい賛辞にも、男は声を上げて笑った。

「何、何。この程度の事で褒めてもらってはなぁ！」

喜んでもらえたようだ、とリゼルは穏やかにそれを眺める。

褒め言葉にすら食って掛かるほど捻《ひね》くれているのもどうかと思うが、商人として簡単に乗せられてしまうのもどうなのか。商人として成功しているのも恐らく、彼一人の力ではないのだろう。

どちらにせよ、やりやすいに越したことはない。

「ん？　つまりこういう事だな？　私ならば、その冒険者を見極める事ができると……上位に匹敵する人材を見つける事ができると、そういう事だろう？」

「匹敵、どころか下手な上位より護衛が上手な方々もいるかもしれませんね。ほら、冒険者最強と呼び声高い一刀もBランクですし」

「ほう、そうなのか！」

呼んだかと視線を送ってきたジルに、微かに首を傾けてみせる。

それで伝わったのだろう。ならば良いと一枚の依頼用紙を手に取る姿を見て、そろそろ依頼が決まりそうかと男へと向き直った。

最初から上位ならば手間がないだろう、と言われてしまえばそのとおりだが、恐らく相手が食い下がってくる事もない筈だ。それはつまり、目利きができない己の力不足を認めるようなものなのだから。

「それなら、どうだ？」

ふいに商人の男が顔を上げ、品定めするような目をリゼルへと向けた。

「上位ではないとはいえ、下位すぎる事もないんだろう？　なんだ、Cか？　ならば私の護衛依頼を受ける栄誉を与えてやろう」

直後、ギルド職員は反射的に開きかけた口を噤んで近くのテーブルを殴りつけた。

そして話を聞いていた直情型の冒険者らが男めがけてドロップキックを繰り出し、比較的冷静型の冒険者らにその足を摑まれてジャイアントスイングで送り返された。

断られる筈がないと確信しきっている男は、幸か不幸か視界の外で行われた応酬《おうしゅう》に気付かない。

ただ上がった喧騒に不快そうに顔を歪めるのみ。

「お誘いは嬉しいんですが……」

賑やかな光景に目を瞬かせていたリゼルが、困ったように苦笑した。

「ほう、断ると言うのか」

「そうですね。護衛依頼に関しては、自分の依頼以外は受けないでと悲しむ子がいるので」

実力者パーティに唾《つば》を付けておく依頼人は珍しくない。

ただ冒険者側が受ける依頼を制限される事を嫌うので、完全に独占されるという事もまず有り得ないのだが。よってリゼルがそれを受け入れているのも、それを理由に自らの誘いを断ろうとしているのも男には理解しがたかった。

「その子も商人なので、もしかしたら貴方もご存じかもしれませんね」

「いや……そうだな」

しかし清廉な顔が嬉しそうに綻ぶ姿に他意など微塵も感じない。

糾弾《きゅうだん》するほうが罪なのだと思わせるそれに、皮肉を口にしようとした男が口を閉じる。

その時、それを気に掛ける事なくリゼルの手が動いた。腰にあるポーチから取り出したのは一枚のカード。

「有名なのは、彼のお爺様《じいさま》なんでしょうけど」

冒険者とは思えぬ整った指先が、テーブルの上にそれを滑らせる。

それは男にとっても見慣れたもの。商人ならば誰もが持つ、己の所属する商会を示す紹介カードだった。

だが男は絶句した。見慣れた筈のそれに描かれていたのは、とある貿易商を示す紋章。あらゆる商人の聖地である商業国で一、二を争う勢力を持ち、王都周辺《パルテダ》の交易を支配する事すら可能である存在。

「こ、これを何処で」

「以前、商業国で宿を探す時に貰ったんです。これがあれば多少は顔が利くから、と」

そのとおりでした、と微笑むリゼルに男は冷や汗を滲ませた。

そもそも紹介カードは、そう簡単に他人に渡して良いものではない。出入国の身分証明にもなれば、商会によっては国によって制限された品も扱える。それだけの影響力があるのだ。

よって持つのは店のトップ、そして信頼のおける部下のみ。商売に関わっていなければ家族にだって渡さないのだから。

「お世話になっている子なので、お願いは叶えてあげたくて」

「いや、いや、良いとも。気にするな。縁がなかっただけの事だろう。気にしなくて良い」

「有難うございます。無作法な真似をした冒険者を相手に、お優しいんですね」

にこりと笑い、さてとリゼルは立ち上がった。

半ば茫然自失《ぼうぜんじしつ》となりながら見上げてくる男へ、ゆるりと首を傾けてみせる。

「依頼も決まったみたいですし、そろそろ失礼致します」

「あ、ああ」

「依頼、受けられなくてとても残念です。貴方のおっしゃるとおり、縁があれば次の機会に」

リゼルはテーブルを爪先でなぞるように、紹介カードを引き寄せた。

掬い上げたそれを優しい顔で見下ろして、親指でそっと撫でる。思い出すのは、少し気が弱そうなふにゃふにゃとした笑顔。

「この子の護衛依頼もCランクでしたし、きっとランク不足で受けられないなんて事はないでしょう」

自らより遥か上位の商人の護衛依頼、それがCだというのなら男は二度と自らの依頼を上位にしろとは言えない。むしろ、下手な事をすればリゼルからその商人へと悪評が伝わる可能性もあった。

残ったのは蒼《あお》ざめた男一人。リゼルは気にせず一声かけ、ジル達への元へと向かう。

「穏やかさん強《つえ》ぇ……」

その背に完全勝利の四文字を周囲は見た気がした。取り敢えず拝んだ。

「あの人って下手《したで》に出てるように見えて傍から見ると全然出てねぇよな」

「顔合わしてる奴は気持ちいいだろうけどな」

「つか穏やかさんがガチで下手に出る事態がありゃ俺ら引っ張ってきてねぇし」

その後、冒険者達は我らの勝利とばかりに歓声を上げまくって職員に怒られる事となる。

ちなみにリゼル達はその大歓声の中、普通に依頼を受けて、普通に久々の冒険者活動へと出かけていった。


久々の依頼もしっかりこなした三人は、宿には戻らずアスタルニアの街並みを歩く。

「森族《もりぞく》も色んな方がいるんですね」

「俺も全部は知らねぇしなァ。規模でっけぇトコもあんじゃねッスか」

今日の依頼は【樹の上暮らしの森族にお届け物を】。

その名のとおり、一日のほとんどを樹上で過ごす一族を探して荷物を届ける依頼だった。

本来ならば郵便ギルドの管轄《かんかつ》な気もするが、厳密に分けられている訳でもない。むしろ依頼人が当の郵便ギルドだったのだから気にする必要などないのだろう。

「お前木登り凄ぇ下手だったな」

「やった事ないんだから仕方ないじゃないですか」

「見てらんなくて梯子おろしてもらえたもんね、リーダー」

森族の集落へと到着し、樹の下から呼びかけたリゼル達は普通に歓迎された。

イレヴンの両親が良い例で、国に住まぬ森族とはいえ排他的という訳ではない。上がってこいと快く垂らされたロープに、しかしリゼルは全く太刀打《たちう》ちできなかった。

両手で握って足を樹に押し付けて。違う。こう。だから違う。足こっち。違う。力入れてないからズリ落ちんだって。もっと強く。というやり取りを五分ほど繰り返した頃、そっと下ろされたのが蔓で作った梯子だった。心優しい森族なのだろう。

「手だけで登れる二人と一緒にしないでください」

「手だけで登れとは言ってねぇだろうが」

揶揄うように目を細めるジルに、意地が悪いとリゼルは苦笑する。

「てかさァ」

その時、ふいにイレヴンが口を開いた。

普段より少しだけ低い声は、よくよく意識して聞かないと分からないだろう。しかし当然のように気付いたリゼルは、歩を緩めないままにそちらを向いた。

「急いで迎えにいかなくても良いんじゃねぇの」

「待ってるでしょうし、あえて何日も空ける必要もないじゃないですか」

「そりゃそうだけど」

その言葉に、イレヴンが露骨に不貞腐れる。

依頼を終えた三人が揃って歩いているのには理由があった。

『なんかナハスが尋問終わったとかお客さん達に伝えとけって言ってたんですけど。つか尋問って何それ怖っ』

宿に戻った瞬間に伝えられたそれは、クァトの解放。

迎えにいくからその時は知らせてね、と伝えておいたのを律儀《りちぎ》に守ってくれたのだろう。ナハスの事なので、釈放が決まってから間を置かずに伝えにきてくれた筈だ。

リゼルは微笑み、ぽんっとイレヴンの背を叩く。

「納得、したんでしょう?」

「したけど」

拗ねきった声に、以前はあった絶対拒否の響きはない。

これは本気で渋っている訳ではなく、機嫌をとれアピールだろう。自分を優先させろと強く主張するそれに、クァトは苦労するだろうなと他人事のように思う。

しかし、これもきっと必要な事だ。リゼルは一つ頷いて、近付いてきた王宮へと視線を移した。

「外から見ると、警備は変わり映えしませんね」

門を固める兵と、王宮の空を飛ぶ魔鳥。

無事に風邪が治って王宮から出た時は、まだ王宮内が浮足立っていた。警備も普段より厳重だったように思えたが、国民を不安にさせないようにという配慮なのかもしれない。

「今回のこと広める気はねぇんだろ」

「ま、実際広がってねぇし」

「サルスと敵対モードになっても困りますし」

結果は未遂で済んだとはいえ、一度は国の誇りである魔鳥騎兵団を地に落としたのだ。

それを知った国民達が何も思わない筈がなく、事態が急激に悪化する恐れもある。サルスの意図が分からない内は隠しておくのが賢明だろう。

これが完全に信者達の独断ならば、サルスも被害者だと言えなくもないのだから。

「きっとこのまま、内々で対処する事になるでしょうね。平和が一番です」

何故言いきれるのか、という疑問は今更だ。

リゼルが言うのならそうなのだろうと、ジル達は大して興味がなさそうに頷いている。

「こんにちは。ナハスさんに呼ばれまして」

「はい、このままどうぞ」

普段は挨拶だけして通り過ぎるが、警戒態勢の今は一声添えるべきだろう。

そう考えて門番に声をかけたリゼルだったが、思ったよりあっさりと通された。ナハスが話を通しておいてくれたというのもあるだろうが、これで良いのかと不思議には思う。

「取り敢えず書庫で良いでしょうか」

「良いんじゃねぇの。他の場所なんざ知らねぇし」

クァトが何処に居るかも分からないので、慣れ親しんだ書庫への道のりを歩む。

行けばアリムが居るだろうから、そこで聞けばいいだろう。リゼル達が書庫でアリムを見なかった事など一度もない。

「そういえば殿下、俺がベッドを借りてる時は何処で寝たんでしょう」

「書庫だろ」

「あ、隅のほうにソファがありましたね」

「すっげぇ慣れたように使ってた」

本人が使えと言ってくれたので特に罪悪感などはないが、菓子折りの一つでも持ってくるべきだっただろうか。そんな風に会話を交わしていると、ふいに廊下に差し込む光に影が走った。

次いで聞こえてくる羽音、魔鳥が上空を飛び去っていったのだろう。地面を走る影を目で追ったリゼルだったが、その影が弧を描くように戻ってくるのに気付いて歩みを止める。

「ナハスさんでしょうか」

「じゃねぇの」

どれどれ、と三人が中庭に寄って空を見上げた時だった。

ぶわり、と顔面に風が当たって前髪が浮き上がる。鮮明に開けた視界には、鮮やかな翼を大きく広げながら目前に降り立った魔鳥の姿。

羽毛の具合を確かめるようにもぞもぞと畳まれた翼の向こうから現れたのは、予想どおりナハスだった。

「よーし、良い子だ」

幸せそうな笑みで首元を優しく叩いてやり、彼は軽い動作で魔鳥の背から降りる。

そしてリゼル達を向いて朗《ほが》らかな笑みを湛《たた》え、二度自らの相棒の手綱を引いた。

「早かったな。今日は依頼を受けてたんだろう」

「病み上がりなので、控えめにしたんです」

「それが良い」

ナハスが手綱を離すと同時に、魔鳥が飛び上がる。

すぐ隣で舞い上がる風にもナハスの体がふらつく事はない。筋肉痛を経験して以来、ジル達に嫌がられて諦めていた体づくりに興味のあるリゼルとしてはぜひともアドバイスに乗ってもらいたいものだった。

魔鳥は頭上を一度、二度と旋回《せんかい》して去っていった。恐らく厩舎《きゅうしゃ》に戻ったのだろう。王宮の敷地内では、特定の条件下に限り魔鳥だけでの飛行を許可されている。

「伝言は聞いたか?」

「はい。それで来てみたんです」

「そうか。どうする、このまま奴の元まで案内するか?」

「ん、そうですね」

リゼルがちらりとジル達を窺えば、各々〝好きなように〟と仕草で応える。

ならばお言葉に甘えようと微笑んで、ナハスの誘いに乗る事にした。

「お願いします」

「ああ、ならこっちだ」

「何、戻んの？」

「少しな。全くの反対って訳じゃない、駄々をこねるな」

面倒そうなイレヴンを仕方なさそうに宥《なだ》め、ナハスは案内を開始した。

リゼル達が普段、足を踏み入れるのを許されているのは書庫への道のみ。見知った中庭沿いの廊下を戻って、曲がり角を一つ曲がればそこはもはや未知の領域だ。

「目隠しとかしなくて良いんですか？」

「ん⁉ ああ、いや、そうか。別にいらんだろう……」

地下牢の場所などそうそう教えられるものではないだろうに。

安易に触れ回るような事はしない、と思ってもらえているのなら何よりだ。とはいえ、少し前までのナハスだったら多少は渋っただろうが。

可笑しそうに目元を緩めたリゼルを、隣を歩くジルが視線だけで見下ろす。

「何」

「何でも」

軽口を叩きながら、リゼルは前を進む背中へと問いかけた。

「あの子は良い子にしてましたか？」

「ん？ いや、俺は顔を出してないからな。ただ監視をしてた奴からは従順すぎると言われたし、暴れてはないだろう」

「なら良かった」

アスタルニア側からしてみればクァトも決して無罪とはいかない。

だが思ったより早く解放されたので、それなりに良い印象を与えられたのだろう。

「むしろ襲撃犯達に対する愚痴《ぐち》のほうが多いぞ」

「しつっけぇなァ」

振り向いたナハスに少しばかり咎めるように告げられ、イレヴンが鬱陶しそうに返す。

相変わらず、壊れた信者達の尋問は遅々《ちち》として進まないのだろう。とはいえクァトの尋問が終わったというならば、聞き出したい事は彼から聞き出し終えていると思って良い筈だ。

「信者さん達、治らないんですか？」

「や、そろそろ直ってんじゃねッスか」

「ようやく拘束を外しても錯乱しなくなったと聞いたな……まともな会話はできんらしいが」

ナハスが立場以上の情報を持っている気がするが、その理由は想像がついた。

今回の件の真相を全て知る者、それは酷く限られる。その限られた人数で事の収拾にあたっているものだから、必然的に愚痴という名の情報共有の範囲が広がるのだろう。

「此処だ」

ふいにナハスが立ち止まった。

目の前には地下へと伸びる狭い階段。その手前で何故か止まったままの彼は、窺うように振り返る。視線は真っ直ぐにリゼルへ。

「ここを過ぎれば牢につくが……その、大丈夫か」

彼は地下通路の存在を知らない。しかしリゼルが牢に囚われていた事は知っている。

気を遣ってくれたのだろうと、リゼルは口元を綻ばせながら敢えて軽い調子で告げた。

「全然平気です。有難うございます」

「そうか」

ナハスは安堵したように歩みを再開させた。

まずは短い階段を下りて、その先の通路を少し歩く。すると鉄製の扉に辿り着くので、そこに立つ警備の兵とナハスが軽く言葉を交わす。

話は通っていたのだろう、あっさりと扉は開かれた。アリムの許可か、あるいはアリムが取り付けた国王の許可か。

「ここから階段が続くからな。暗いから足元に気を付けろよ」

「俺ヨユー」

「てめぇはな」

階段は地下へ地下へと何度も折り返しながら続いている。壁に備え付けられた松明も決して多くはなく、説明のとおり薄暗い空間だった。

「リーダーんトコはこんなんじゃねぇの？」

興味深そうに周りを見渡すリゼルの後ろから、こそりとイレヴンが耳打ちする。前を歩くジルも、その声に視線だけで振り返った。

「うちの城ですか？」

「そう」

「そうですね……此処のほうが少し無骨でしょうか」

ジル達は以前から、何度かリゼルの世界にある城の様子を聞いた事がある。そのイメージは実用性と芸術性が両立している洗練された城で固まってきている。ようは城らしい城。

味があって良い、と堪能しているリゼルの返答はそれに違わず、二人は納得したように頷いていた。

「あ、そこの段は気を付けろよ。少しグラつくからな」

「はい。目が慣れない内はなかなか大変ですね」

「今時松明とかさァ。魔道具に変えりゃ良いのに」

「それはほら、脱獄対策もあるんだと思います」

「あー」

ただの小さな魔石でも何に使われるか分からない。

すれ違う松明の熱を感じながら、そのまま流れで脱獄方法に思考を巡らせ始めたリゼルとイレヴンに気が付いたのは幸いな事にジルだけだった。

「それに、もし魔道具だったらもっと暗かっただろうな」

「え？」

そんな事など知る由もなく、ナハスは眉間に皺を寄せながら口を開く。

「覚えてるか？　襲撃犯どもが魔法を発動させた時に物凄い魔力が溢れただろう。その所為で城の魔道具が幾つか使い物にならなくなったんだ」

地下から衝撃波のように広がった魔力だ、地下にある魔道具など一溜《ひとたま》りもない。

とはいえその魔力は、タイミングが思いきり被っただけで信者の魔法とは全くの別件なのだが。

厄介な事だとブツブツ呟いている階下のナハスを見下ろし、リゼルは力強く頷いた。

「お騒がせですよね」

ジルとイレヴンが無言でリゼルを見た。堂々と信者の所為にした。

「そうだろう。王族の一人に魔力布の研究者がいるんだが、かなりご立腹でな。どうやら糸に通していた魔力が吹き飛んだとか……」

「アリム殿下も学者気質ですし、ここの王族の方はそういった方面に明るいんですね」

「いや、周りが勝手に呼んでるだけなんだ。趣味を極めてる、なんて殿下はよく言ってるが」

朗らかに会話を続けるリゼルは、確かに嘘をついてはいない。

当然の如く勘違いしているナハスをそのままにしただけだ。この勘違いはナハスに限らずアスタルニアの重鎮全てが抱いているだろうが、真実が闇に葬り去られた瞬間だった。

こうして敬愛する国王を甘やかしてきたのかと、ジルは呆れたように溜息をつく。

「ん、着いたぞ」

話している内に、どうやら階段の最深部へと辿り着いたようだ。

リゼル達の目の前に再び頑丈な扉が姿を現す。その扉をナハスが叩けば、重低音が狭い地下に反響した。

すぐに、金属が軋む音をたてて分厚い扉が開かれる。

「おう、お前か」

「例の客人を連れてきたたんだが、今良いか？」

「おっ、あいつらか」

扉の反対側に立っていたのは壮年の男だった。

毛皮に覆われた分厚い耳、しなやかだが太さのある尾、それらを彩るのは橙と黒の縞。体格の良い体と、鋭い目、それら全てが彼を虎の獣人だと伝えてくる。

緑がかった黄色の瞳が鮮烈にリゼル達を射抜いた。

「よう、御客人」

「お邪魔しています」

微笑んだリゼルに、彼は鋭い牙を露にしながら笑う。

「まさかあの本、読まずに来ちまうとはなぁ」

「……ああ、あなたが〝頑固な王宮守備兵長〟なんですね」

それはギルドでナハスに一冊の本を差し出された時のこと。

古代言語が本当に読めるのか証明しろと、そういう流れになった際にナハスが彼をそう紹介していた。見た感じでは分かりやすく頑固という印象は受けないが、確かに決めた事を簡単に曲げるようにも見えない。

あの時の彼にとっての譲れない条件が〝古代言語を解読できるのか証明してみること〟で、それをクリアしたからこそリゼル達の自由な王宮への出入りが許されているのだろう。

「なんっつう紹介してくれてんだ」

「間違ってはないだろう」

ガリガリと耳の付け根を掻きながら、獣人である守備兵長が扉の前から足を引く。

入れ、と促されて牢屋の並んだ空間へと足を踏み入れた。

「あ」

クァトはすぐに見つかった。

一番手前の牢の中で胡坐をかいて座っていた彼は、リゼルの姿を見つけていそいそと檻に近付いてきた。その姿にリゼルは柔らかく問いかける。

「良い子にしてましたか？」

「した」

こくこくと頷く姿に、褒めるように微笑んだ。

パッと表情を明るくしたクァトが、どうすれば良いのかと恐る恐る片手で檻を握る。それを見て、「待っていて」と告げながらリゼルは守備兵長へと向き直った。

「このまま出してもらえるんですか？」

「まぁ、アリム殿下から許可も出てるしな」

だが、彼はそう言いながらも動かなかった。

ナハスが訝しげに眉を寄せ、ジルは何も言わずに微かに目を眇め、イレヴンが不快を示すように顚を上げる。リゼルは表情を変えない。

ただ、自身を見据える鋭い瞳から目を反らさなかった。

「こいつは思った以上に何も知らねぇなぁ」

ふいに零された声は、唸り声のように低く少しの圧力を伴う。

「まぁ、上に誰がいるのか確証がとれただけ上出来だ」

彼は手の甲で数度、クァトの檻をノックしてみせた。

「見てりゃ、奴隷なんつぅとんでもねぇ言葉にも納得がいく。意思なんてねぇ、言われた事を言われたようにするだけだ。今回の件も目的すら知らねぇってんだから、言い方は悪ぃが奴らの道具でしかなかったんだろうよ」

そこで一度途切れた言葉に、リゼルは先を促すようにゆるりと一度瞬いてみせた。

守備兵長の笑みが獰猛なものへと変わる。まるで挑発するかのようだった。

「だが、間違いなく俺らの国に手ぇ出した襲撃犯の一人だ。なぁ、そうだろ?」

無骨な掌が檻を握る。

リゼルは柔らかなままの視線でそれを一瞥し、何処となく不安そうにしているクァトを目に留めた。にこりと笑みを向ける。

「余所者の言い分でそいつを自由にするなんざ、知りゃあ受け入れられねぇ奴らもいんだろうな。何せ、こいつら魔鳥騎兵団をコケにしやがったんだ」

「おい、そういう言い方はないだろう」

「あんたが引き取るにも大したメリットはねぇ筈だ。下手な疑い買う可能性に気付いてねぇ訳じゃねぇんだろ？」

ナハスの制止も手を振って遮り、守備兵長は獰猛に笑う。

わずかな反応も見逃さないというように、薄暗い空間で微かに開いた瞳孔がリゼルの一挙一動を捉えていた。獲物を狙う肉食獣にも似たそれ、気の弱い者ならば決して視線を合わせる事などできないだろう。

しかしリゼルは、困ったように苦笑するだけだった。

思ってもみない反応に守備兵長の両耳がぐっと持ち上がる。

「期待に応えられず申し訳ないですが、彼を迎えにきたのはそんな難しい話じゃなくて」

リゼルの指先が、思案するように唇へと触れた。

その視線は何処へでもなく流され、再び守備兵長へと向けられる。硬質なアメジストが色を深め、見る者の目を強く惹き付けた。

逸らす事など許されないとすら思わせるような瞳が、うっそりと細められる。

「俺のものを返せ、と言えば分かりやすいですか？」

そう、リゼルは貸しているだけ。

やろうと思えばクァトの存在などどうとでもできた。国に気付かせないまま隠す事だってできた。

それを敢えて貸しているのだから、文句を言うなということ。

それを受けて、クァトが物凄く嬉しそうに鈍色の瞳を輝かせている。

「リーダーのああいうトコ、だいっすき」

「だろうな」

耐えきれず唇を笑みに歪ませ、呟いたイレヴンにジルも同意した。

とある商人との話し合いでは相手を当たり障りなく掌で転がしていたというのに、今は違う。向けられた挑発を正面から受け止め、叩き伏せようというのだ。

随分と器用なものだと思う。しかし、だからこそ二人はリゼルと共にいる。正論ばかりではつまらないし、流してばかりも芸がない。

「フ、ハハッ、そう来なくっちゃなぁ！」

ふいに守備兵長から豪快な笑い声が上がった。同時にナハスから溜息も。

どうやら及第点《きゅうだいてん》は貰えたようだと、リゼルは機嫌が良さそうに肩を寄せてきたイレヴンの髪を撫でてやる。

「悪ぃ悪ぃ。最近、あんたの印象が変わってなぁ。煽りゃ牙の一つでも剝いてくれんじゃねぇかと思ったんだが」

「そうなんですか？　良い方向に変わってると良いんですけど」

「それに関しちゃ安心しろ」

守備兵長は満足げにもう一度笑い、腰にぶら下げていた鍵の束を手に取った。

その中の一つを檻へと差し込む。少しばかりガタが出ている鍵穴が力ずくでこじ開けられ、鉄格子の扉が大きく開かれた。

だがクァトはそわそわと此方を窺って動かない。それにリゼルは目を瞬かせ、可笑しそうに顔を綻ばせながら手を差し伸べた。

「おいで」

目を輝かせたクァトは、こうしてようやく長い〝待て〟から解放されたのだった。

123.

リゼル達は今、ナハスに連れられて王宮の書庫を訪れていた。

アリムという主を置いたそこは静寂に包まれ、膨大な数の本に囲まれている。どこに立とうと手を伸ばせば本に触れられる空間は、見慣れていなければ何処か異様にも映るだろう。

クァトはきょろ、と好奇の眼差しを泳がせた。

「ん、これ新しく……」

「止まんな」

視線の先で、足を止めかけたリゼルがジルに背を押されていた。

やはり本が好きなのかと、牢屋でも本を要求していた姿を思い出す。それがどうしても好きの範《はん》疇《ちゅう》で収まらないという事実を彼はまだ知らない。

「殿下、リゼル殿が挨拶に」

「うん」

そして、本棚の壁が途切れる。クァトは目を瞬いた。

書庫の中心にぽっかりと開いた空間。そこはやはり円を描くように本棚に囲まれてはいたが、この部屋に入ってから初めて十分に視界が開けた場所だった。

しかし人の姿は何処にもない。不思議に思いながらリゼルの視線を辿ると、ふいに視界の隅で何かが動いた。

「先生、早い、ね」

「お邪魔しています」

布の塊が声を発しながらごそりと立ち上がる。

クァトはビクリと肩を揺らした。時折牢屋へと訪れていたので見覚えはあるのだが、未だにその姿には慣れない。

「座って話そう、か」

「有難うございます」

その日の内にやってきたリゼル達を早いと称しながらも、予想の範疇だったのだろう。特に驚きもなく机へと促すアリムに、三人も普段と変わらずそちらへ向かう。

四角い机には椅子が四つ。リゼルが座り、アリムがその真正面に座るのは古代言語の授業の名残《なごり》だ。そしてリゼルの隣にジルが座ったのは近かったからで、イレヴンも余った椅子をズリズリと引き摺りながらリゼル側の側面に落ち着いている。

「こら、椅子を引き摺るな」

「小煩《こうるせ》ぇー」

ナハスから注意が飛ぶものの、イレヴンはケラケラと笑うだけ。

アリムとリゼルの間、よりは大分リゼルよりに椅子を置いて堂々机に肘をついた彼は、王族の前であるという状況を歯牙《しが》にもかけない。それこそ、リゼルに怒られさえしなければ。

「！」

そんな光景を眺めながら、クァトはどうすれば良いのかとウロウロしていた。

すると、ふっと振り返ったリゼルにちょいちょいと指先で呼ばれる。もう空いている椅子はないが、故郷でも奴隷時代にも椅子に座る習慣などなかったクァトには関係なかった。

嬉しそうに近付いて、その足元へと胡坐をかくように腰を下ろす。

「邪魔」

直後、椅子が軋む音と共に肩へと強く衝撃を受けた。

体勢が崩れ、後ろに手をついて何とかこらえる。ビリビリと痺れる肩の感触を堪えるように顔を顰めて見上げれば、座ったまま振り抜いた足をゆっくりと下ろしているイレヴンと目が合った。

「……ッぅ」

「おい、何をしてる。止めろッ」

「だってさァ」

自身の片目を抉った男に見下ろされるのは普通に怖い。

しかし厳しく咎めるナハスの声に、縦に裂けた瞳孔がそちらへと逸らされた。ほっとしたように傾いた体を起こし、どうすれば良いのかと傍らのリゼルを見上げる。

「こっち、良いですよ」

苦笑され、椅子の反対側をトントンと指先で叩く音がした。

クァトはパッと表情を明るくしながらリゼルとジルの間へいそいそと移動し、再び腰を落ち着ける。少しばかり狭いが窮屈ではない。

その時、ふと長い脚が目に入った。机の下で適当に伸ばされた脚は黒に包まれていて、何となくそれを辿るように視線を移動させていく。気負いもせずに腰掛ける姿を順に見上げ、リゼルと会話を交わして動く唇と灰銀の瞳を視界に捉えた。

自然の瞬きの後、一瞥される。

「……ッ！」

ぞわり、と背筋を何かが駆け上がった。

それも仕方のない事だった。クァトの中で、ジルは一目見た時から決して敵わない存在なのだから。初めて顔を合わせた瞬間、牢屋の中でリゼルが語った〝最強〟であると一瞬で理解できてしまった程に。

別に何をされた訳でもないので、恐ろしいという事はないのだが。

「おい、何で止めないんだ」

「うーん、俺からは言いにくくて……」

すぐに流された視線に肩の力を抜いていれば、ふいに髪に触れられる感触がある。

視線だけで窺えば、ナハスと話しているリゼルの手がクァトの髪に触れていた。慰めるように乗せられた温かな掌が一度、二度と硬い髪を撫で、戯れるようにつむじを掻き混ぜるのを目を細めて堪能する。

「机を蹴るな！」

だが直後、ガンッと何かを蹴りつける音と鋭い舌打ちが書庫に響いた。再びクァトの肩が跳ねる。

「イレヴン」

「……はァーい」

最後にもう一度優しく撫でられ、離れていく手を追って顔を上げる。

窘《たしな》めるようにイレヴンへと声をかけるリゼルの横顔に、どうやら心地良い時間は終わりのようだと悟った。惜しみながらも、もぞもぞと姿勢を正す。

「御前《ごぜん》ですみません、殿下」

「先生は、気にしないで、ね」

リゼルはそんなクァトを一度だけ見下ろし、アリムへと向き直った。

本題に入ろうという空気を察したのだろう。イレヴンが何かやらかさないかと目を光らせていたナハスも、同席するべきではないと考えたのか退室の礼をとる。

「じゃあ俺は外にいるからな。殿下の前で暴れるなよ」

「有難うございました、ナハスさん」

彼は少しばかりクァトを気にしながらも書庫を出ていった。

それはクァトが何をしたのかを知っているが故の警戒だけでなく、露骨に苛められている事への気がかりもあるのだろう。相変わらず面倒見が良い。

「改めて、今回は色々と気を回してくださって有難うございます」

「おれは、しなきゃいけない事をしただけ、だから」

遠くなる足音を聞きながら、リゼルが微笑んで礼を告げる。

ごっつい風邪だったりクァトの件だったり、後は布を貸してもらったりとアリムには非常に世話になった。更に見えないところでも色々と気を回してくれただろう。

とはいえアリムにしてみれば、利益を優先した結果だと言えてしまえるのだが。実際のところはただの好意なのだから、気にしないでと言いつつも礼を拒否したりはしない。

「むしろ礼を言うのは、おれのほう、かな。王族としては、ね」

「そう言ってもらえると安心します」

リゼルは一度言葉を切り、戯れるようにそれを口にする。

「俺がいた所為だ、なんて思われたらどうしようかと」

思ってもいない癖に、という視線が二つ。

一つは呆れたように、一つは愉しそうに。そこに身内を庇《かば》うような意図などなく、ただの事実であると知っているが故の反応だった。

同様に布越しにアリムが浮かべたのも、太陽が落ちてくる事を心配する幼子に向けるような笑み。彼は金糸のような髪を首筋に滑らせ、机の向こう側にしゃがむクァトを見た。

「言わない、よ。優秀な情報源があったから、ね」

「?」

布の塊を見ないようにしているクァトは、それが自分の事だと気付かないらしい。

しかしリゼルが見下ろせば、応えるように不思議そうに頤を上げた。何でもないと微笑む。

「かれ、予想以上に無知だし、あの魔法についても収穫はなかったけど。目的は分かったから、先生が関係ない事は分かる、よ」

ぽつり、ぽつりと囁くように、低く艶やかな声が言葉を続ける。

自ら進んで情報提供するという発想のないクァトから情報を引き出すのは、なかなかに手間のかかる作業だっただろう。何せ聞かれた事にしか答えないうえに悪気もない。

「目的が魔鳥騎兵団なら、これはいつか必ず起こった事、で、むしろ先生が居た時に来てくれたのは、アスタルニアにとって運が良い、かな」

「は?」

「勿論、巻き込まれた先生には悪いけど、ね」

気に入らないというように声を上げたイレヴンに、気圧《けお》される事なくアリムは付け加える。同時に、布の中でこんなに可笑しい事はないと笑みを深めた。

本当に、運が良いとしか言いようがないのだ。リゼルが居なければ国の誇りは踏みにじられ、自らのパートナーを手にかける騎兵すらも出た可能性がある。そうなれば、もはやサルスとの争いは免れない。

だが信者らが勘違いで暴走し、何故か無関係のリゼルを巻き込んでくれたお陰で、看病欲しさに全ては解決した。素晴らしい。

「うちの王も、感情的になって判断を誤るほど馬鹿じゃない、から」

「殿下って国王陛下にはちょっと厳しいですよね」

「兄弟だから、ね」

うふ、ふ。そう笑いを零したアリムに、リゼル達は顔を見合わせる。

兄弟間だから遠慮はいらないという事だろうが、三人とも一人っ子なのでよく分からなかった。

ちなみにジルもほぼ一人っ子なので含む。クァトはあんまり話を聞いてない。

「彼らの上にいる人の名前は、出たから。それだけで、十分だよ」

「そこが一番大切ですしね」

〝異形の支配者（Variant=Ruler）〟、この名を手に入れられるかどうかは大きい。

しかし信者達が最も口を割らないだろう情報でもある。クァトから容易に手に入ったのは、アスタルニアにとってこれ以上ない僥倖《ぎょうこう》だっただろう。その名一つで打てる手は格段に増える。

「襲撃犯も、聞けるだけ話を聞いて近い内にサルスに返還予定、だよ」

「交渉が楽しみですね」

「おれは、あまり外交って好きじゃない、かな」

だろうな、と退屈そうにしていたジルとイレヴンの内心は一致した。

部屋どころか布にまで閉じこもっている引き籠もりなのだから当然だ。

「殿下は出ないんですよね」

「そう、だね。そういうのが得意なのがいるから、そいつが行く事になると、思う」

リゼルはふと、過去に二度ほど顔を合わせた華やかな王族の姿を思い出した。

外交担当だというし彼の事だろうか。そんな事を考えながら、そういえばとクァトを見下ろす。

胡坐をかいて周囲を見渡す彼に、トンッと指先で椅子の側面を叩いてみせれば直ぐに此方を向いた。話の流れには関係がないが、何となく気になった事を尋ねてみる。

「君は支配者さんの本名、知ってるんですか？」

「知らない」

あっさり返された。

「呼ぶ。呼ばれる、聞いた。たくさん」

つまり支配者は、普段から支配者呼びで通していたという事か。

微妙な衝撃の事実が発覚してしまった。そういえばリゼルが今まで読んできた彼の著書にも、著者の部分には〝異形の支配者〟の名が輝いていた気がする。

ちなみに「気に入ってるのかな」と納得したリゼルの隣ではジルとイレヴンが全力で引いていた。

「あ」

その時、リゼルはふと思い出してポーチへと手を伸ばした。

実は牢屋で手に入れた本をちゃっかりと回収していたのだ。あの趣味と偏愛《へんあい》にまみれたラインナップを一度、本仲間であるアリムにも見せてやろうと思ったからだ。

「実は、牢屋で信者さん達に貰った本がありまして」

「貰うなよ」

「リーダーぶれねぇなァ」

何やら色々と言われたがスルーして、リゼルは三冊の本を机に置いた。

左から順番に〝異形の支配者と呼ばれる人〟、〝魔物使いの最高峰《さいこうほう》とは〟、〝異形の支配者研究書考察〟。ジル達が思わず真顔で見下ろしてしまうラインナップだ。

「……、……」

「凄い本なんですよ。この二冊は多分信者さんの誰かが書いたやつで、支配者さん好きの聖典みたいな内容なんです。主観が強すぎて所々に賛美の言葉が入ってるのが、合いの手みたいで面白くて」

無言の布の塊から、するりと褐色の腕が覗いた。

手首に巻かれた金の装飾が鈴の音に似た音を鳴らし、並べられた本の一冊を手にとる。やはり無言のまま本をパラパラと捲り始めた姿に、リゼルは楽しそうに語るのを止めない。

真逆の意味ではあるが、ある意味オススメの本だからだ。

「あ、それも楽しかったです。著者は信者さんじゃなくて、きっと研究書の考察を生業としてる人なんでしょうけど凄く的確で。でも、その考察に信者さん達が赤インクでかなり支配者さん贔屓の訂正を入れてて、読んでいて思わず」

「先生」

「はい」

言葉を遮るように名を呼ばれ、リゼルは目を瞬かせて正面に座るアリムを見た。受け入れるように話を最後まで聞いてくれて、内容を吟味《ぎんみ》してゆっくりと言葉を返してくれる彼にしては珍しい事だ。

どうしたのだろうと思っていれば、彼は手にした本を一切名残惜しむ事なく閉じる。

「こんなの読んでたら、頭が悪くなる、よ」

多くの弟を持つと納得せざるを得ない、言い聞かせるような声色で窘められた。

リゼルは取り敢えず謝ったが、面白さを分かち合えなかったのが少し残念だった。


アリムと暫く話して王宮から出た時には、辺りはすっかり暗くなり始めていた。

一方を見れば星の見える夜空、その反対には夕日の名残で薄っすらと橙が残って見える。依頼は早めに終わらせた筈だが、随分と長居してしまったようだ。

「宿に帰る前に、買い物を済ませたいと思ったんですけど」

「そいつの？」

うーん、と空を見上げて考えるリゼルに、イレヴンが顔でクァトを指してみせる。

リゼルはそれに頷き、忙《せわ》しなく周囲を見回しながら後ろをついてくる姿を振り返った。

「そう。服とかありませんし」

「寝間着は宿で借りれんだろ。明日にしとけ」

「もう店ほとんど閉まってそう」

「ですよね」

どうせならきちんと選びたいし、とそわそわしているクァトを眺める。

信者の元にいた時のような、いかにも奴隷らしい薄汚れた白の服ではない。恐らく牢屋にいる時に誰かが用意してくれたのだろう、アスタルニアで一般的に見られるシンプルな服を身に着けている。

「それで良いですか？」

「良い」

こくりと頷くクァトに微笑み、ついてくるよう促す。

数歩後ろを歩く彼は、それが当たり前と思っているようだ。もし二人で出かけるような事があれば奇妙な距離が空きそうだなと、リゼルが止まりかけていた歩みを再開させた時だ。

「馬鹿みてぇな喋り方してんじゃねぇよ」

独り言のようで、しかし聞かせるような音量で告げられたそれ。

リゼルは苦笑を零しながら横目で隣を窺った。冷めた目をするイレヴンの横顔は、リゼルやその周り以外に対する彼のデフォルトではあるのだろうが。

クァトはといえば自分に向けられた言葉だと一瞬気付かなかったようだ。しかし、すぐにそわそわとリゼルを窺ってくる。

「ごめん、なさい」

「気にしなくていいですよ」

不快にさせていたかと、彼は糾弾したイレヴンではなくリゼルに謝った。

その辺りに意識の変化が垣間見える。もう誰にでも従順であった奴隷ではないという事なのだろう。良い傾向だと、リゼルは安心させるように頷いてみせた。

ほっとしたように肩の力を抜いたクァトが、再び周りを見回し始める。後を引いて気にしないあたり、性格は決して繊細とは言えなさそうだ。

「イレヴンも、意外とそういうところ気にするんですよね」

ふと、可笑しそうに笑う。

礼儀に厳しいという訳では決してないが、意識してか無意識か、イレヴンが上下関係で物事を判断する事は意外と多い。彼の本質とは相反するそれは、恐らく獣人特有のものなのだろう。

時折交ざる敬語もどきもその一つ。だがそれも、此方の反応を窺いながら少しずつ砕けているのに気付かないリゼルではない。その変化を穏やかに楽しんでいるぐらいだ。

「……何か変スか」

「いえ、俺は気を遣ってもらえて嬉しいですけど」

「基本馴れ馴れしい癖にな」

微笑ましげなリゼルに、グッとイレヴンが口を噤む。

更に続けてジルに揶揄うように鼻で笑われ、煩いとばかりに睨みつけた。微妙に居た堪れない。

「助言は良い事ですけど、強制は駄目ですよ」

「はァい」

イレヴンは諦めたように空を仰いだ。

輝きの届き始めた星を何となく視線でなぞりながら、ここがラインかと息を吐く。クァトに関してはやり過ぎなければ好きにしろとリゼルは言ったが、それでも全てを許されるとは思っていない。怒られるのは避けたいので色々と試していた彼は、どうやら自身のフラストレーションが溜まるほどの規制はないようだと結論付けた。ゆっくりと唇の端を吊り上げる。

「さっすが」

「え？」

「なんも」

浮かべた笑みを愛想の良いものに変え、イレヴンはパッとリゼルを向いた。

「じゃあリーダー、明日買い物？」

「そうですね。日用品と服と……あと、身分証代わりに冒険者登録もしちゃいましょうか」

「冒険者」

振り返ったリゼルに、クァトが目を瞬かせる。

その表情は徐々に破顔し、そして勢いよく頷いた。地下の牢屋でリゼルに冒険者の話を聞かせてもらっていた時から色々と思うところがあったのだろう。

「登録したらすぐに依頼を受けなきゃいけない、とかないですよね」

「お前、本読んでて受けなかっただろ」

「そういえばそうでした」

登録してすぐに読書期間に入っていたリゼルに、呆れたようにジルが口を開く。

スタッドからも〝初依頼までにこれだけ間が空くのも珍しい〟と言われた。ほとんどの冒険者が登録して早々に依頼を受けるのだろう。

それもそうだ。冒険者になろうとする者で金銭的に余裕のある者など滅多にいない。

「あ、でも俺注意食らった事ある」

「依頼を受けなくてですか?」

「そ。二十日ぐらい?」

「そこはギルドに寄んだろ」

言われてみればそうか、とリゼルは納得した。

身分証の利点だけかすめ取って働かない者が溢れてはギルドも堪らないだろう。何かあれば責任はギルドに来るのだ、何の恩恵も齎さない相手を庇う義理もない。

「じゃあ近々、俺達と一緒に依頼を受けましょうか。登録もその時に一緒にすれば良いので、明日は買い物だけですね」

そう告げるリゼルを見下ろし、ジルは声を抑えて問いかける。

「パーティ登録は」

「しません」

回答は悩まれなかった。

初めから決めていたのだろう。その意図が何処にあるかなどジルには分からないが、決めているならそれで良いと視線を外す。

「あと、装備とかも明日頼んでおきましょうか」

「そいつ装備いんの？」

「え？」

リゼルは歩きながらもクァトを振り返った。

言われてみればそうだ。魔法も剣も効かないうえに武器すら必要ない。

「でも、ジルの攻撃とか通るでしょうし」

「知らねぇよ」

ジルが間髪《かんはつ》入《い》れず突っ込む。何故試した事もないのに断言するのか。

「下手な装備じゃ壊れますし」

「生えっしね」

なら必要ないかとリゼルは頷いた。

腕から足から刃を生やす戦奴隷には、一般的な装備では適合しないだろう。破れるなら意味がないし、仮に破れなかったとしても刃が出せないのなら意味がない。

恐らく彼の故郷には独特の民族衣装があるのだろう。後で聞いてみようと一人頷き、改めてクァトを振り返る。

先程より近くを歩くクァトは言葉を待つようにリゼルを見ていた。彼は特に装備についての意見はないようだ。

「君はどうですか？」

「いらない」

一応聞いてみれば、至極あっさりと首を振られる。

「じゃあ必要なものだけ、明日買いにいきましょうね」

「行く」

後は何が必要だろうと思案するリゼルの隣、ふいにジルとイレヴンが唇を笑みに歪めた。

驕《おご》りからでも見栄からでもなく、極自然に零された一言。防具はいらない、というそれは決して消極的な響きを持ってはいなかった。

従順な癖して随分と、と思わずにはいられない。

「まぁ、珍しいってだけで欲しがるとは思ってねぇけど」

「ただ言うこと聞くだけの人間なんざ今更いらねぇんだろ」

そんなもの、元の世界には幾らでも居ただろう。

あるいは此方でも、作ろうと思えば幾らでも作れる筈だ。

だがリゼルはそれに価値を与えない。すでにあるものを利用する事はあるだろうが、自分から手を伸ばしはしないだろう。自己を以て行動する者こそリゼルは好む、とジル達は予想している。

我《わ》が儘《まま》が良いという訳ではないが、要は〝甘えないでね〟という事だ。

「そういうの、俺がいない所で話してほしいんですけど」

ちなみにそんな会話は通常の音量で交わされている。

戯れにも似たそれにリゼルは苦笑し、何故かクァトは満面の笑みを浮かべるのだった。

帰って早々に部屋へと引っ込んだジルを除き、リゼル達は揃って夕食の支度に精を出している宿主の元を訪れた。

「宿主さん」

「あ、おかえりなさーい……増えとる」

キッチンを覗き込むリゼルを珍しいと思いながらも出迎えの挨拶を口にしかけた彼は、続いて真似するようにひょいと覗き込んでくる顔に真顔で呟いた。

ちなみにイレヴンは堂々とキッチンに足を踏み入れ、鍋の横に積まれている唐揚げをひょいひょいと三つほど摘んで、何事もなかったかのようにリゼルの元へと戻っている。

「えーと……その人が前言ってた〝もう一人増えるかも〟な人ですかね」

「はい。ほら、宿主さんに宜《よろ》しくお願いしますってご挨拶してください」

「挨拶」

よくよく耳を澄ませば、微かに呼吸とは違う音を孕む声。宿主は口元を引き攣らせた。

向けられた鈍色は濡れた刃先を思わせ、少ない瞬きも相まって無機物感を思わせた。少し身じろぐだけで獣を思わせるしなやかな体が、アスタルニアでは見慣れた褐色の肌を全く違うものへと変えている。

武器や防具など一切身に着けていないにも拘らず、荒事に縁のない身に圧倒的強者だと分からせる。宿主がそう感じたのは、ジルやイレヴンに続いて三人目だった。

「よろしく、お願いします」

「あ、もうしっかり手綱《たづな》受け取り済みなんですね。宜しくお願いします」

促されるままにペコリと下げられた頭と、隣で見守る微笑みに宿主は一気に冷静になった。同じように腰を折って挨拶を返す。

宿主にしてみれば、リゼルが手綱さえ握っててくれるなら何も問題ない。つまり何か問題が発生した場合はリゼルに泣きつけば何とでもなる。プライドなど命の前には塵芥《ちりあくた》のようなものなのだ。

宿主は己が生き残る為ならばリゼルの足を舐める覚悟だってできていた。別にリゼルはそんな事をさせない。

「あー、でもやっぱ部屋ないんですよ」

「やっぱりですか？」

申し訳なさそうに告げる宿主に、リゼルは気にする事はないと微笑んだ。

この宿は決して格安とは言えず、むしろ割高なほうだろう。しかしたまには落ち着いた宿をとって少し贅沢がしたい船乗りや、海路で訪れた旅行客が度々訪れる。今もリゼル達以外に一組の宿泊客が大きめの部屋を使っており、全ての部屋が埋まってしまっていた。

実際、リゼル達が泊まっている間も何組かが入れ替わり宿泊している。その度にリゼルは二度見された。

「やっぱお客さん達の部屋にベッドもう一つ入れます？」

「いえ、来るまでに聞いてみたんですけど」

リゼルがクァトを見る。

一度は無理して同じ宿でなくともいいと、別の宿でもいいと伝えてみたが凄く悲しそうにされた。

そう予想はしていたので一応ではあったのだが、予想どおりの反応だった。

「床で良いみたいなので、ベッドは大丈夫です」

「客を床で寝かせる宿とか噂になったら俺が大丈夫じゃないんですけど」

「あ、でも毛布は借りていいですか？」

「どうぞ!!」

もはや決定事項らしいと宿主は即行諦《そっこう》めた。

一介の宿主に彼らの意見を変える事などできはしない。しかしできれば微笑みながら床で寝かせる発言はしてほしくなかった。普通ならば本人が大丈夫と言っても用意できるならベッドを用意しないだろうか。違うのか。

噴きこぼれそうな鍋の前で遠い目をする宿主を尻目に、リゼル達は和気藹々《わきあいあい》としている。

「故郷でも床で寝てたんですよね」

「絨毯と、毛布」

「体痛くなんねぇの」

「ならない」

奴隷時代は勿論の事、群島にあるクァトの故郷にもベッドはなかったそうだ。

リゼルもクァトから少しだけ故郷の話を聞いたが、渓谷に張り付くように存在した集落だという。軽量化を重視して家具も最低限に留めていたのだろう。

ならば本人も床で良いと言っているし、リゼルは然程《さほど》気にしない。

「ん、でも王宮の牢にはベッドが置いてありましたよね」

「使う、ない」

ふるりと首を振ったクァトは、特に使いたいとも思わなかったのだろう。

馴染みがなければそんなものだ。ジル達が湯舟《ゆぶね》に浸かりたがらないのと同じだろう。

「なら誰と一緒の部屋が良いですか？」

「⁉」

「何で選択肢あんの？」

「一応、と思って」

そんな会話を、宿主は遠い目をしたまま聞いていた。

いや聞こえてない。牢屋とか聞こえてない。そういえばリゼル達は誰かの尋問が終わったとの伝言を受けて宿を出ていって、そして一人連れて帰ってきて、それはつまり。

そんな事実には決して気付いていないのだ。怖い。

「(まぁ……貴族なお客さん居るし……それ以上に怖そうなの二人いるし……)」

それだけを心の支えに、彼は後で毛布を用意しておかなければと現実逃避するように考えていた。

クァトは、ベッドを背凭れに床に胡坐をかいていた。

顔はほかほかと火照っていて、酷く満足げだ。初めて入った風呂というものは大層気持ちよく、全身の筋肉が解《ほぐ》れていくようだった。魔力がないお陰でシャワーが使えないとリゼルが気付いて、出しっぱなしの状態にするついでに湯を張ってくれたのだ。

夜露を纏う刃のように、常より艶の増した髪をがしがしとタオルで拭っていく。そのままにしていたら、リゼルから拭くように言われたからだ。

「ぷは」

一気に拭い、天井を見上げて息を吐く。

夕食も美味しくて、いっぱい食べて、交わされる会話に時々混じって、風呂に入って、クァトは今までになく満たされていた。奴隷と呼ばれていた時も不自由はないと思っていたが、今となれば本当にただ不自由がないだけだったなと謎の感心さえ覚えてしまう。

「気持ち良かったですか？」

「気持ち良かった」

書き物用の机、その椅子に腰かけて本を読んでいたリゼルの声に目元を緩める。

これが、何より幸せ。穏やかな視線が此方を向いて、語りかけてくれる。許されてこれが失われるというなら、一生許されなくて良い。

許されて、なかった事にされてしまう事が何より恐ろしかった。

「眠かったら先に寝ててくださいね」

「貴方、寝ない？」

「もう少し読んでから寝ます。大丈夫、俺もすぐ寝ますよ」

優しく微笑まれ、クァトはきゅうと目を細めた。

それが眠気からの仕草だと思ったのだろう。リゼルが立ち上がって、部屋を照らしているランプを消した。残るは机の上で本を照らすリゼルの魔法の明かりだけ。

そうすると、クァトもどうやら自身が眠たかったようだと気付く。宿主が持ってきた毛布はリゼルのベッドの上に畳んで置かれていて、ずるずるとそれを引き寄せた。

「毛布、足りなくないですか？」

「大丈夫」

「そうですか」

暗くなった部屋では、不思議と声が響くような気がした。

少しだけ小声になったクァトに可笑しそうにするリゼルの、その静かな笑い声が耳を擽る。それに眠気が増した気がしたが随分と心地が良かった。

その心地のまま寝てしまおうと、ごそごそと毛布に包《くる》まる。しかし聞こえた靴音は机へと向かわず近付いてきていて、クァトはもぞりと毛布に埋めかけた顔を上げた。

その髪に、ふいに優しい感触が触れる。

「おやすみなさい」

指先はまだ少し湿っている髪を一度、二度と梳いて離れていった。

無意識に目で追った指と、背。机に戻って読書を再開する姿を、ぼうっと眺める。

「……」

唇から零れた声。

何と言ったかは不思議とクァト自身にも分からなかった。あるいは、何も言っていなかったのかもしれない。

何だか凄く眠くて、クァトはベッドのすぐ傍でごろりと寝ころんだ。もぞもぞと足で体の下敷きにした毛布を伸ばし、背を丸めてようやく落ち着いたように肩の力を抜く。

落ちる瞼に逆らう事なく、沈んでいく意識に身を任せる。しかし完全に眠りに落ちる直前、今度は自分の意思で薄っすらと唇を開いた。

「おやすみ、なさい」

この部屋の明かりが完全に消える頃、もう一度髪を撫でる手があった事をクァトは知らない。

124.

クァトを引き取ったとはいえ、リゼルは基本的に放任主義だ。

何事も好きにすれば良いと思っているし、その結果ついてきたいと考えたならば都合が悪くない限り受け入れる。ただ彼に関しては少々例外的で、これからどうすれば良いのか示してやる事もあるが。

なにせクァト自身が、自分がやりたい事があってもどうすれば良いか分からない。過去の記憶が戻ろうともできない事ができるようになる訳でもなく、リゼルもそれは承知している。

「今日は、宿主さんと一緒にお留守番しててくださいね」

「貴方、一緒、良い……」

「今日はしっかり冒険者をしてくるので駄目です」

〝しっかり冒険者?〟という視線がジル達から向けられるもリゼルは気付かない。そして通りすがりの宿主が「俺!?」みたいな目をしているのも気にしない。

不満というよりは悲しげな鈍色の瞳に、ゆるりと笑みを浮かべてみせる。

「言う事をよく聞いて、お手伝いしてあげてください」

「……はい」

クァトはきゅっと唇を引き絞りながら、こくりと頷いた。

だが不満は不満なのか、その手は腰に巻いた鮮やかな布のサッシュを手慰《てなぐさ》みに弄《いじ》っている。先日買ったばかりの服一式についてきたそれは、アスタルニアでよく見るものだ。しなやかな筋肉のついた褐色の肌に、この国の服装はよく似合う。そんな事を考えながら、リゼルは洗濯籠片手にチラチラと此方を窺っている宿主へと呼びかけた。

「彼の事、頼みます」

「その微笑みに逆らえる人間がいるなら称賛と共に一発引《ひ》っ叩《ぱた》けそうな気がする。了解です」

快く受け入れてくれたようだ。

リゼルの後ろでは欠伸を零すイレヴンと、調子を確かめるように手を開け閉めしながらグローブを嵌めているジルが何かを話している。扉の前で待っていてくれている二人に、そろそろ行かなければとクァトを見た。

「じゃあ行ってきますね。早く行かないと良い依頼がなくなっちゃいます」

「依頼」

「早い者勝ちなので」

言うことは冒険者なんだよなぁと、そう内心で呟きながら宿主が脱衣所の洗濯物を回収しに去っていく。彼は未だにリゼルが冒険者だという事実に強い違和感を抱いていた。

「リーダー早くー」

「はい」

呼ばれ、今度こそリゼルは踵を返した。

その背が完全に扉の向こうに消えるまで、クァトはその場から動かない。見送り、一人残された玄関で何となく過去に刃を突き出した腕をなぞった。

「あ、貴族なお客さんたち出かけましたか」

「出かけた」

両手に籠を抱えた宿主が脱衣所から顔を出す。

タオルや寝間着などが詰め込まれた籠はそれなりの重量となっているだろう。クァトは数秒だけ何かを考え、そちらへと歩み寄る。

「もしかしてガチでお手伝いしてもらえるんですかね」

「する。何、ある？」

宿主もすでに、クァトはジル達ほど怖くないと察していた。

同時に、リゼルの言う事に非常に忠実だという事も。というより見ていれば分かる。手伝いはいらないと言っても無駄なのだろうと、両手にぶら下げている籠を膝で蹴ってみせた。

「じゃあこれ洗って干してもらって良いですか」

「分かった」

片手で軽々と籠を奪われ、宿主は若干落ち込んだ。

その手の強者に張り合おうとはさらさら思っていないが、それとこれとは話が別だ。宿業務でそれなりに力があると自負しているだけに、あからさまに見せつけられた力の差に男として敗北感を抱かずにはいられなかった。

「にしてもあの人なんで片言《かたこと》？」

裏庭の洗い場に向かったクァトを見送り、自らはシーツの回収に階段へ。

腰にぶら下げていた布で手摺りをなぞり、鼻歌まじりに掃除をしながら二階へと上がる。汚れた布は畳んで手摺りの上へ。そして、まぁ良いかと頷いた。

客の事情に突っ込むような真似はできないし、するのも何か怖い。

「(まぁ貴族のお客さんの連れだし)」

そう考えれば全てが些細な問題だと、宿主は各々の部屋へと突入するのだった。

果てもなく青々とした草の茂る草原。

空を見上げれば高く澄み渡る青空があり、肌に日が触れる感覚が心地よい。髪を撫でる風からは土の匂いがして、遠くから近く、また遠くへと草花の揺れる音が流れていく。

「流石は〝草原遺跡〟、綺麗な所ですね」

そんな草原の真ん中にリゼル達は立っていた。

地平線を見渡せる草原には、ポツリポツリとその名の所以《ゆえん》が見付けられた。折れて苔《こけ》むした柱や、崩れ落ちた祭壇《さいだん》。辛うじて形を保つ石のアーチや、辿り着く先を失った階段などが物言わず朽《く》ち果《は》てている。

建物らしい建物は見当たらない。まだ、ここは迷宮の入り口でしかなかった。

「ニィサン来た事ある？」

「ねぇ。面倒臭そうだろ」

「あー、聞いた事あっかも。仕掛けだらけ、とか」

ひび割れから草花芽吹く石畳を踏みしめ、背後の会話を聞きながらリゼルは歩く。

手袋越しに遺跡の柱を撫でてみれば、風化しかけた石柱がぽろぽろと欠けていく。地面で揺れる白い花に降り積もったそれを見下ろしながら、手袋の土埃を払い落とした。

「迷宮に傷はつけられない、にコレは入らないんでしょうか」

芸が細かいと微笑むリゼルに、ジルが呆れたように溜息をついた。

彼は石畳を踏む音をたてながらリゼルの隣に立ち、草に侵食されている柱を同じく眺める。同じように歩み寄ってきたイレヴンの足音は一切聞こえなかった。

「リーダーこういうの好きそう」

「そうですか？　学者じゃないので、あまり詳しくないですよ」

三人は止めていた歩みを再開させた。

いつもの迷宮ならば入ってすぐに目に入る魔法陣が、いまだ見つからない。ならば開始地点にも立っていないという事なのだろう。広大な草原を散策する羽目になっては散々だが。幸いな事にその必要はなさそうだ。

途切れ途切れの石畳の先に、簡素な祭壇らしきもの。そこを目指す。

「歴史を持たない遺跡って、何となく魅力に欠けますね」

「あー」

「迷宮だしな」

景色としては美しいがと、風そよぐ草原を見渡すリゼルにジル達も何となく同意する。言ってしまえばロマンがない。

遺跡っぽい迷宮は数あれど、こうも明確に時の流れを感じさせるものは初めて見たからか。今更な事を話しながら、遺跡の痕跡が密集している祭壇跡へと足を踏み入れた。

「入口っぽいのあんぞ」

「あ、本当ですね」

野ざらしの祭壇は簡素なものだった。

大人の胸程の高さがあり、四隅を折れた石柱が飾る。その壇上にジルが何かを見つけたのを受け、リゼルも少し頤を上げて平らな祭壇を見渡した。

祭壇の中央に、まるで切り取られたような四角い穴。どうやら地下への階段のようだ。

「よっ」

イレヴンが祭壇へ軽く駆け、手をついて一足《いっそく》跳びで壇上へ。次いで同じくジル。

両側面に見える壇上への階段は手前側が崩れ落ちてしまっている。リゼルも二人に倣い、何とかよじ登ろうとした時だ。

「おら」

「有難うございます」

祭壇に手をつく前、差し出された手をとった。折角なので好意に甘える。

ジルは片手で、リゼルは両手で互いの手首を握り、腕を引かれると同時に足を祭壇に押しつける。その足で自らの体を押し上げながら、リゼルも壇の上へと降り立った。

「どうでした?」

「あー……階段ッスね。あんま深くはなさそう」

イレヴンが行儀悪く座り、地下への階段を覗き込む。

迷宮によっては本当に穴が開いているだけで、持参のロープを使う必要があったり梯子を延々と降りていかなければならない時がある。階段があるだけ有難いだろう。

「奥のあれ、魔法陣か」

「ん、みたいですね」

三人でしゃがみ、迷宮の始点で間違いない事を確認した。

迷宮なので〝引っ掛けの入り口でしたー〟という事がないとも限らない。とはいえ魔法陣があるなら確実だろうと、順番に階段を下りていく。

「依頼、達成できればいいですね」

ふいにリゼルが微笑みながら告げた。

やや不確定な物言いは、まさに今回の依頼に運の要素が求められるからだ。言うならば以前の【魔物の持つ無限の可能性を信じて（水エレメントの水採取）】と同じようなもの。

【世界の遺跡から】
ランク：指定なし
依頼人：遺跡マニア
報酬：鑑定料に2割増し（要鑑定書）
依頼：迷宮〝草原遺跡〟または〝朽ち果てた神殿〟にて手に入る絵画を募集します。
出現階層・大きさ・値段問わず。ただし冒険者が映り込んでいないものに限る。
（※ギルド注　依頼人の求めるものではなかった場合、リタイアにペナルティなし）

「だからお前はどうしてこんなもん選ぶんだよ」

「面白そうだなと思って」

「だろうな」

「これって持ってる奴が納品するだけの依頼じゃねぇの？」

三人は和気藹々と話しながら迷宮の攻略を開始した。


その頃のクァトは、せっせとタオルを干していた。

ピンと張られたロープに引っ掛け、そして角を合わせるように綺麗な二つ折りにする。それが飛んでいかないように上から木のクリップを差し込めば、真っ白な雲と青空に映える洗濯物がまた一つ増えた。

「あと、四」

それに対し、特にクァトが何かを思う事もないのだが。

「お客さんのシーツも干しちゃいますね天気良いし。そういえば本当に床で寝てるんですか体痛くないですか」

「寝る。痛く、ない」

そんなクァトに、宿主は意欲的に話しかけていた。

きっとリゼルに従順な相手は、言われたとおりに今日一日手伝いをしてくれるのだろう。その間ひたすら無言が続くというのは宿主にとって非常に辛い。

会話のない空間が落ち着くなどという感覚は、彼には一切備わっていなかった。

「貴族なお客さんとかベッドで寝ろって言わないんですかね」

「言わない」

何度か話しかける内に、リゼルの話題ならば高確率で会話が成立すると気付いた。

よって話題は必然的にその辺り。そうでなくとも、そうなっていただろうが。

「(本人が床で良いって言ってても気が引けんとこが貴族なお客さんだよなぁ……やりたいようにやらせる人だし)」

宿主は干したシーツの皺を叩いて伸ばしながら、しみじみと思う。もし自身が同じ状況になれば全く落ち着けず、ベッドを譲ろうとするだろうと。

これでクァトが遠慮から床で良いと言っているならば違うのだろうが、本人から望んだのならリゼルは気にしない。流石としか言いようがなかった。

「貴族なお客さんは絶対貴族やら王族やらに違いないのに違うんだから、世の中不思議ですよね」

「?　優しい」

「そうですよね優しいですね」

今そんな話はしてなかった。

とは客人に対して、いや、いかにも強者に対して言える筈もなく、宿主は最後のタオルを干しているクァトを尻目に遠い目をしていた。

寥郭《りょうかく》たる遺跡の中には何本もの巨大な石柱が立ち並ぶ。

その石柱同士を繋いでいるのが石橋にも似た回廊。上下左右、縦横無尽《じゅうおうむじん》に無数に駆け巡るそれらは互いに階段でも結ばれて空間を埋め尽くし、立体の迷路を彷彿《ほうふつ》とさせた。

支えもないのに崩れ落ちる事のないそれらは、まるで宙に静止しているようにも見える。まさに迷宮らしい光景であった。

「こういう風景の絵画なら喜んで貰えるでしょうか」

「そッスね。遺跡っぽいし迷宮っぽいし」

「出りゃいいけどな」

回廊の始まり、壁から半円状に広がる石畳を踏みながら三人はその光景を眺めた。

リゼルが欄干《らんかん》から下を覗いてみれば、見上げた先にある光景と全く同じ。回廊と階段が立体的に交差し、回廊の果てなど存在しないのではと思わせる。

床は遠いが欄干のお陰で落ちる心配はまずないだろう。一安心だ。

「戦いにくそうな造りですよね」

「ここどんなん出る？」

「本で見たのはスライムとか、確かゴーレムも出たと思います」

ジルも未攻略の迷宮だ、どの階で何が出るかは誰にも分からない。

しかしリゼルは迷宮図鑑を読んで、少しならば知っている。幾つかの迷宮の特徴と、見られる魔物を大まかに書いたものなので実際の攻略にはほとんど役に立たないが。

「後は羽トカゲと……あ、俺は見た事のないミノタウルスとかも」

瞬間、背後の欄干の向こう側から羽音がした。

階下から姿を現したそれに、一瞬遅れてぶわりと風が巻き起こる。振り返ったリゼルが目にしたのは、羽毛のない皮の翼を持った巨大なトカゲだった。

翼を広げれば三メートルにもなるだろう。それは丸く大きな瞳を左右不規則に動かし、リゼルへと狙いを定める。その首筋を噛み千切ろうと長い首を引き絞り、そして。

パァンッ、と発砲音が一つ。

「んー、やっぱり残響《ざんきょう》が強めですね」

「魔物寄ってくるかもな」

弾かれるように頭を反らした羽トカゲが、羽ばたきを止めた。

力を失った体を一度欄干にぶつけ、階下へと落ちていく。それを眺めるリゼルの頭の横には、ピタリと宙で静止している魔銃《ライフル》があった。

「いつも思いますけど、もう少し静かにならないでしょうか」

「そればっかはしょうがねぇっつうか……あー、でも上のほうのは気付いてねッスよ」

イレヴンの言葉にリゼルも高い天井を見上げる。

三人に影を落とす上空の回廊、その隙間からチラチラと黒い影が見えた。リゼルではははっきりとした姿を捉える事はできないが、シルエットからして羽トカゲに間違いない。

「あいつらって魔法使ってこなかったっけ」

「深層にいる奴は使う」

魔物が集まってこない内に、と少しだけ速足で歩き出した。

意外と難度が高めとはいえ、まだまだ第一階層。罠も致命的《ちめいてき》なものはなく、あっても石材の色が変わっていたりと分かりやすい。さくさくと進んでいく。

「リーダーこれ何処向かってんの？」

「一応、あの祭壇っぽい所に」

リゼルが視線を向けたのは、今より僅かに低い位置。

壁に張りつくように半円状の足場が広がり、膨大な数の回廊の内の一つと階段で繋がっている。そこには草原で見た祭壇を小さくしたようなものがあり、中央には石板のようなものが見えた。

「ただの飾りの可能性もあるんですけど」

「迷宮がやりそー」

いかにもそれっぽい、という理由で思わせぶりな物が置いてある迷宮など珍しくない。

例えば火山の迷宮にトロッコ。傍にあるレバーを押そうが引こうがトロッコ自体は一ミリも動かなかったりする。もっぱら休憩時の椅子として活用されていた。

他にも意味ありげに地面へと突き立てられた剣や、いかにも何かが出てきそうな棺桶《かんおけ》など。迷宮の小さなこだわりだ。

「つっても他に目につくもんもねぇだろ」

「ですよね」

とはいえ結局のところ、怪しいところは調べなければ進めない。

冒険者らは迷宮の掌で転がされながら前へと進むしかないのだ。時折宝箱などの恩恵もあるし、楽しんだもの勝ちだろう。

「今日は宝箱見つけねぇと話になんねぇしなァ」

「絵画って宝箱からしか出ないんですか？」

「じゃねぇの。他に聞いたことねぇし」

確かに、飾ってあるものをそのまま持ち帰るのは想像しづらい。

リゼルはジルが壁に張りついた絵画をガコガコ引っ張っている姿を想像し、何かを納得したように一つ頷いた。当のジルは何かを察したのか何なのか、若干訝しげな目をしているが。

「今日はお弁当も持ってますし、一日粘って見つからなかったら諦めましょう」

「数見つけるしかねぇッスね」

「サクサク進みゃ最低でも二、三個は見つかんだろ」

宝箱の発見は完全に運だ。

基本は五階層も進めば一つくらい見つかる。しかしない時は何十階層探そうがない。冒険者の迷宮攻略の平均ペースが〝一日で次の魔法陣に辿り着けば順調〟という事を考えれば、〝運が良ければ一日一個〟程度か。

リゼル達は攻略ペースが早いので、普通に二個だの三個だの四個だの言えるが。

「あ、スライム溜まり」

ふとイレヴンが、先のほうにスライムが集まっているのを見付けた。

真っ直ぐ伸びた回廊は、巨大な石柱に巻き付くように二股に分かれている。その手前では五匹のスライムがのったりもぞもぞと這いまわり、戦闘を回避して進むのは難しそうだ。

「なら階段のほうが良いですか？」

「そうだな」

数歩戻り、斜め上の回廊へと繋がる階段へ。

目的の祭壇にはそちらからでも行ける。欲しい素材もないので戦う必要はないだろう。

「リーダーよく分かんね、道。いつもだけど」

「ジルも君も分かるじゃないですか」

「そりゃ時間かけりゃそうだけどさァ」

「いつ考えてんのかって話だよ」

そうは言っても、とリゼルは思案する。

「んー……癖な気もしますね」

できる・できない、実行する・しないは置いておいて、最短最良の手段をまず考える。

あとはそれを可能にする為に何が足りないのかを探すだけ。勿論、全てが上手くいく訳ではなかったが、リゼルは自分に合った考え方だと活用していた。

元の世界では何とも貴族らしいと言われる事もあったが、それとは別に身近な者達には面倒くさがりだと称された。今も役に立っているし、後者の評価に関しては何となく釈然としないものがあるが。

「職業病じゃねぇの」

「否定はできません」

可笑しそうなリゼルに鼻で笑ったジルが、階段を上りきる手前で足を止めた。

上りきって油断したところに魔物、というのは迷宮内ではよくある。何かいただろうかとイレヴンと並んで見上げれば、突如青色の塊が飛び出してきた。

「あ」

「あ？」

凄い勢いで襲い掛かってきたスライムが、首を傾けて避けたジルの隣を通過する。一切勢いを殺さないままに頭上を通過していったそれを、リゼルもイレヴンも思わず会話を止めて見送った。

スライムは空中で失速し、緩やかな弧を描きながら階下へと消えていく。シュールな光景だった。

「……落ちた？」

「落ちたんじゃねぇの」

「落ちても音がしないから分かりませんね」

何となく気になり、三人は折角上った階段をわざわざ引き返す。

そして欄干からスライムが落ちていった先を覗き込んだ。

「あ、居ました」

「潰れてんじゃゃん。何アレ、死んでんの？」

どうやらスライムは張り巡らされた回廊を綺麗に避け、床まで落ちていったらしい。

青い体が、まるで彼らの生態の一部に見られるようにベシャリと床に伸びていた。普段は体内を泳ぐ核も、剝き出しで転がっている。

「いえ、多分衝撃でああなっただけで、その内元に戻ると……あ」

死んではいない筈、と言いかけたリゼルの視線の先で、滑るように床へと降りた羽トカゲがスライムの核をぱくりと口に入れた。数度食《は》んで、天井を仰ぐようにゴクリと飲み込む。

「食われた」

「食われたな」

「迷宮で見るとちょっと驚きますよね」

魔物同士で明確な敵対関係にある種、というのは滅多にない。

だが、ふとこういった自然すぎて二度見するような被食捕食があったり、別種の魔物が鉢合わせた際に威嚇行動をとったりする事はある。迷宮外では珍しくはないが、迷宮内ではなかなかに希少な光景だ。

良いものを見た、と頷きながらリゼル達は再び階段を上り始めた。

「あーいうの、迷宮的にはどうなんスかね」

「推奨《すいしょう》はしてないと思いますけど」

「見るとこでは見るけどな」

「なら、攻略に何か関係あるのかも」

一番迷宮を攻略しているジルが言うなら間違いないだろう。

階段を上りきり、どちらに行くのかと窺うように歩調を緩めたジル達をリゼルが先導する。すぐ足の下で羽トカゲの羽音がしたが、こちらに気付かず通り過ぎていった。

「関係って？」

「それは分かりませんけど……餌付《えづ》けするとか」

「できてたまるか」

直後、頭上に影が落ちる。

一拍遅れて羽音を耳にした時には既に、ジルとイレヴンは剣を抜いて二匹の羽トカゲに狙いを定めていた。イレヴンが欄干に飛び乗り、威嚇に牙を剝く魔物の首を切り捨てる。同時に、上空からの襲撃をジルが斬り捨てた。

「こいつら餌付けしてもなァ。可愛くも何ともねぇし」

「じゃあ、どんな魔物なら可愛いんですか？」

トン、と欄干から下りて剣を鞘に収めるイレヴンに問いかけながら、リゼルも魔物へ向けていた魔銃をくるりと回した。止めた歩みを再開させる。

「魔物に限定すんのか」

「魔物以外でもいいですけど」

「つうかこいつが何かを可愛がるような奴に見えんのかよ」

「ニィサンひっで」

ケラケラと笑いながらも否定しないあたり、イレヴンも自覚があるのだろう。

そしてリゼルも確かに、と頷いた。彼は恐らく、普段は全く世話をしない癖に自分の気が向いた時だけ無茶苦茶な構い方をしてトラウマレベルで嫌われるタイプだ。

「ケセランパサラン、お勧めですよ。可愛いです」

「だからそれ何？」

「それは分かりませんけど」

世話も簡単だし、と嬉々としてペット自慢に励むリゼルには悪いが、イレヴンも正体の分からないものなど飼いたくはない。それはジルも同じく。

「最初はパウダーをあげてたんですけど、一度試しに小麦粉をあげてみたんです。そしたら何だか嬉しそうに小麦粉の上をコロコロしてたので、それから色々あげてみるようになって」

「へぇ……」

ただの毛玉の何を見て嬉しそうだと判断したのか、ジル達には全く分からない。

ちなみに元の世界でも、理解してくれたのはケセランパサランをくれた相手だけだった。可愛がってるんだからそれぐらいは分かる、というのはリゼルの談。

「普段は瓶の中をふわふわしてるんですけど、ご飯をあげると底のほうに降りてきてそっと食べるのが可愛いんです」

どうしよう何が可愛いのか全く分からない、とイレヴンは助けを求めるようにジルを見た。そっと視線を外される。助けは期待できそうにない。

「あ、そこ下ります」

「んー」

えーと、と祭壇の方角を確認しながらリゼルが下方の回廊を覗き込む。

その高さおよそ宿の屋根から地面まで。こいつ飛び降りれんのか、とジル達がリゼルを見たが、当の本人は欄干が途切れた個所に梯子を見付けて手をかけていた。

そりゃそうか、と二人もそれに続く。二人とて梯子があるのにわざわざ飛び降りたりはしない。

「リーダーほら、スライム」

「あ、本当ですね」

切り上げられたペットトークに安堵しながら、イレヴンが梯子の途中で下を指さす。

ちょうど梯子の真下に、一匹だけのったりのったりと動いていた。

「無視する？」

「いえ、核が欲しいです」

そう話しながら梯子を下りきる直前、スライムが三人を見付けたのだろう。全身を硬質化させて棘《とげ》を生やした姿に、飛び降りなくて良かったと思わずにはいられない。

「餌付けでもすんのか」

「懐かないにしても、食べないかなと思って」

リゼルが梯子に摑まりながら真下を向いて、浮かべていた魔銃を向ける。

核に狙いを定めて撃ち抜けば、流石はまだ第一階層。避けられる事なく核が崩壊し、水の弾けるような音と共にスライムがその姿を崩した。

「やっぱ銃欲し……や、ただの銃はマジいらねぇけど、リーダーのやつ良いなァー」

「俺ができる事は君もできるじゃないですか」

「戦闘に限りゃね」

「手を増やしてぇってだけだろ」

回廊に足をつけ、スライム核を回収するリゼルをジルは眺めた。

相変わらず変な事を試したがるなと呆れはするが、もし一人だったなら決して実行しようとはしない思慮を持っているのがリゼルだ。ならば良いと、何も言う事はなかった。


「お客さん、俺今から買い物行きますけど行きますか留守番してますか」

「行く」

相変わらず忠実にお手伝いを続ける相手に、宿主はやっぱりかと頷いた。

半ば予想はできていた。クァトはリゼルの言葉に決して違《たが》おうとはしない。

「荷物持ちとかさせちゃうんですけど良いですかね」

「良い」

「じゃあお言葉に甘えてめっちゃ買い込みますね、獣人なお客さんの為にも」

宿主は常々イレヴンの為に大量の食材を買い込んでいる。別に苦とは思わないが。

どうせだから保存の利くものをこれでもかと言う程に買い込んでやろうと、機嫌良く少し音の外れた鼻歌を奏でながらキッチンへ向かう。クァトはジルらと同類、そう振り分けている彼はその腕力を信じて疑わない。

更には今日接していてジルやイレヴンより取っつきやすい事に気付いたので、変に恐る恐る接する事もなくなった。

「獣人」

「……もしかして嫌いとかあるんですか時々ブン殴られてるし」

何やら呟いたクァトに、宿主は失言だったかと顔を引き攣らせる。

宿主が見たなかでは二回、クァトはイレヴンに手加減など一切ないだろう力で殴られていた。それは大抵クァトがリゼルの手を煩わせたように見えた時なので、理不尽と言いきって良いのかは分からないが。

「嫌い、違う」

リゼル自身が何も気にしていないので良いのではと思うが、イレヴン的には許せないようだ。

「それもそれで凄い気もしますけど」

「違う、けど」

うーん、と何かを悩む姿に、宿主はキッチンに置いてある買い物用の籠を手に取りながら返答を待つ。

「気に入ら、ない？」

二度見した。

「違う。羨《うらや》ましい？」

「あ、あー……分かるような分からんような」

両手には更に大きくて丈夫な木編みの袋を三つずつ。

そして背中に籠を背負った姿で、宿主は遠い目になりつつ同意してみせた。完全に同意できたかは定かではないが。色々と複雑なのだろう。

そのまま買い物の準備を終えて宿を出る。クァトもきょとりと目を瞬かせながら、大人しくその後に続いた。

「（こういう素直そうなトコも獣人なお客さんに遊ばれんだろうなぁ……あの人捻くれてそうだし）」

よく感情が顔に出るし、と何となく納得する。

最初にビビり散らかした無機質な印象を持つ鉱石のような瞳も、作り物めいた鈍色も、表情が浮かべば命が宿ったように忙しなく色を変える。それが分かったからこそ、宿主も気が引ける事なく話しかけられるのだから。

いや、宿主自身が若干慣れたのもあるだろうか。証拠に、道を歩けば少しばかり集まる視線。多少の優越感を抱く自分の小物感が悲しい、と肩を落とす。

「じゃあ一刀なお客さんも似たようなもんですかね」

宿主は後ろを歩くクァトを振り返り、話の流れで問いかけてみた。

クァトは少し考え、しかし今度はすぐに頷く。宿主から見てもジルはクァトに不干渉だ、素直に羨ましいと思えるのだろう。

「ただ」

「何ですか？」

「…………」

何かを言いかけた口は失速するように言葉を失った。

何でもないと首を振るクァトに、宿主は不思議に思いながらも前へと向き直る。

だから気付かなかった。鈍色の瞳が刃のような鈍い光を湛え、開閉する手元に落とされたのを。

近くの果物屋台に視線をとられ、壮絶な値引き交渉を始めた宿主は知る由もなかった。


何度か階段を上り下りし、回廊を渡り、結局ショートカットに回廊から回廊へと飛び降りたりしてようやくリゼル達は目指していた祭壇へと辿り着いた。

小さな石柱が並んでいる間を歩き、三段だけの階段を上って壇上へ。そこにあった石板はリゼルの腰ほどの高さがあり、正方形の上部を見やすいように斜めに切断したような形をしていた。

表面はツルリとしているが、何らかの幾何学的《きかがくてき》な模様が刻まれている。

「何これ、何書いてあんの？」

「知らねぇ」

自分に聞くな、とジルは隣へ視線をやった。

視線の先ではリゼルがじっと幾何学模様を見つめ、数か所を指先でなぞっている。そしてふと後ろを振り返り、回廊に埋め尽くされた広大な空間を一瞥して、うんと一つ頷いた。

「これ、地図ですね」

「地図？」

「この階層の地図。真上から見た図です」

ジル達も見下してみるが、いまいち分からない。

言われてみればそんな気もする、程度だ。とはいえリゼルを疑いはしないが。

直線が幾つも細かく重なっているのが回廊で、線が交わる箇所で片方が途切れているのが位置的な上下を示し、所々に見える細かな斜線が階段だという。

「この丸は？」

「此処みたいな祭壇だと思います」

今は此処、と指差されたのは一番端。上から見た図ならば当然か。

「よく分かんな」

「魔法や魔銃には空間認識が必須なので」

「それマジで他の魔法使いにも言えんの？」

認識力にしても緻密すぎるにもかかわらず、「魔法使いなら大体できるんじゃないかな」と平然と告げるリゼルによる魔法使い達への熱い風評被害。本人達が聞けばキレる。

「で、何処行きゃいいんだよ」

「此処か……此処、でしょうか」

最初に指さされたのは模様の中で唯一、小さな球を埋め込んだようにポツリと盛り上がっている部分。地図の正体に気付いたものならば、誰しもがゴールだろうと予想する箇所だ。

だがリゼルはそれにもう一か所付け加えた。

「こっち？　何もねぇじゃん」

「ここ、ちょっとはみ出してるんです、ここが壁のラインだとして」

今いる祭壇に触れていた指先が、すっと上へと移動していく。

回廊を表すどの直線も途切れるライン。そこを真っ直ぐなぞる指先が問題の箇所に差し掛かった頃、成程とジルとイレヴンは納得した。

「ちょい飛び出してんスね」

「壁っつうならおかしいな」

一本の直線が微かに壁のラインの外へと伸びている。

何処だ何処だと上を見上げるも、遺跡の壁には穴の一つも空いていなかった。上部だとは分かっているが、念のために足場の際に立って下方を見渡してみても同様だ。

「じゃあ隠し通路じゃん」

「いかにも宝箱がありそうですよね」

「今日はそれ見つけねぇと話になんねぇしな」

そうと決まれば出発だ、とリゼル達は地図を元に迷わず歩き出した。

時に羽トカゲに襲われて撃ち落とし、時にスライムが凄い勢いで転がり回っている回廊を滑りこむように突破し、上ったり下りたりしながら順調に進んでいく。

立体的に動き回る必要がある所為で、なかなか目的地に辿り着かない。これだけ一階層が広いなら迷宮全体の階数は少ないか、あるいは一階ごとに転移魔法陣がおいてありそうだ。

「ミノタウルス、居ませんね」

「あれはもっと深いトコにしか居ねぇんじゃねッスか。俺浅いトコで見た事ねぇもん」

「ちょっと残念です」

「獣臭《けものくせ》ぇだけだぞ」

そんな雑談を交わしながら歩いていた時だ。

「あ、あそこです」

幾つ目かの階段を上りきったところで、リゼルが浮かせた魔銃で前方を指した。

何の変哲《へんてつ》もない直線の回廊。三人が立っているそこは、前方の壁際で祭壇があった足場のように半円状に広くなっている。

しかし他と違うのが一点。広い足場の中心で、地に足をつけて此方を窺う羽トカゲが一匹。

「あれブッ倒せってコト?」

「ぶっ倒しても壁はどうすんだよ」

「壊せる仕様になってれば良いんですけど……」

数メートルを残して立ち止まったリゼル達に、しかし羽トカゲは動かない。

両翼のかぎ爪を床につき、グゥと首を持ち上げている。その細い瞳孔は真っ直ぐに三人を捉えていて、数度喉を鳴らすように鋭い呼気を吐いた。

「襲い掛かってこねぇのが異常だよな」

「こっちからのアクション待ちって事でしょうか」

その時、ふとリゼルは思いついたかのようにポーチへ手を差し込んだ。

ジル達が見守る前で、ゆっくりと持ち上げられた手には三つの丸い球。若干の弾力があるそれは、此処に来るまでに幾つか拾っておいたスライム核だ。

二人はリゼルがやろうとしている事を察し、〝まさか本気でやる事になるとは〟と内心で呟いた。もういっそ予想どおりですらある。

「物は試しです」

ぽいっとリゼルは一つ核を放ってみた。

それは狙いどおりの弧を描き、羽トカゲの口元へと向かう。そしていよいよ鋭い牙を持つ口に当たりそうになった時、羽トカゲが頭を上から下に振り下ろすように核へと食らいついた。

「お、食った」

「何も起きねぇな」

「一個じゃ駄目なんでしょうか」

何も起きないが、攻撃もしてこない。

ならば足りないのだろうと結論付け、リゼルは手にした核をぽいぽいと放った。少しばかり狙いがずれた核も、器用に首を伸ばして食べてくれる。イレヴンが拍手を送った。

「どんだけ食うんだよ」

「もっと獲ってくりゃ良かったね」

「足りなかったら待っててくれるでしょうか」

普段はスライム核をあまり回収しないので、ストックがない。

ここまでの道中で集めた核は七個。足りないかもしれない、と話しながら五個目を投げた時だった。

「ん、何か動きが変わりましたね」

「なーんかヤな感じすんなァ」

核を飲み込んだ羽トカゲが、グッと頭を下げて羽を左右に大きく広げる。

飛び掛からんばかりの姿勢に、ようやく臨戦態勢かと構えた三人が目にしたのはまさかの光景だった。

魔物の体が徐々に変化していく。頭から背中にかけて、艶のあった皮がバキリバキリと逆立つように分厚い鱗へ。床を踏みしめる足は隆起《りゅうき》した筋肉により力強く変貌《へんぼう》し、爪も獰猛さを増して石畳を叩いた。

体も一回り巨大になり、羽も二倍に膨れ上がる。骨格に沿うように鱗に覆われた翼、かぎ爪も鋭く長く、薙ぎ払われればただでは済まないだろう。更に太さも長さも増した尻尾の先が無骨な棘に覆われ、石を削りながら床を滑る。

そして凶悪な姿と化した魔物が、牙に覆われた口腔内を露にリゼル達へと吠えた。

「おい」

「うーん、これは予想外です」

「やっぱ魔物相手に餌付けはムリじゃん？」

圧倒的な声量にビリビリと空気が震える。

同時に凶暴さを増した尻尾が大きく振るわれ、空気を薙ぐ音をさせながら背後の壁へと叩きつけられた。その時だ。

「あ」

「おっ」

「あ？」

偶然にしか見えないが、必然だったのだろう。

壁は崩れ落ち、向こう側にあった空間をさらけ出す。羽トカゲの巨体に阻まれハッキリとは見えないが、一瞬だけ宝箱のようなものが見えた。

「つーことは、コイツを倒して手に入れろってコトね」

「番人的な立ち位置だったんですね」

「来るぞ」

勿論、ただ扉を開けてくれた訳ではない。

大きく羽ばたいて襲い掛かってきた羽トカゲに、リゼル達は一斉に武器を向けた。

「やー力があるって素晴らしいですよね大量大量大量！」

宿主はほくほくと笑い、重い籠を握り直した。今は宿に帰る途中だ。

両手に一つずつ、そして背中に籠を一つ。はみ出るほど食材が詰め込まれているが見た目ほど重くはない。理由は簡単、重量のあるものを全てクァトが持っているからだ。

粉類や塩や肉の塊などを調子に乗って買い込み、持ち上げられなくなって絶望していたところでクァトが軽々と持ち上げてくれた時は拝む勢いだった。

「今日の功労者はお客さんなので好きな物作りますよ、リクエストどうぞ」

「好きな物」

「今までで一番食べたものとか」

何やらピンと来ない様子のクァトに、宿主はフォローを入れた。

特別好きじゃなくても食べ慣れた物ならば礼にもなるだろうと考えたからだ。

「パン」

「できればおかずのほう聞きたかった」

クァトは奴隷と呼ばれていた時、大抵パンばかり食べていた。

宿主は自身のフォローが完全に滑った事に気付かず、ならばパンに合うおかずにするかと悩みだす。とはいえパンなどしょっちゅう出しているので、リクエストなどあってないようなものだ。

「貴族なお客さんとかめっちゃ優雅にパン食べるしスープとか肉料理とかでコースっぽくしちゃうのも」

夕食の献立《こんだて》に頭を悩ませていた宿主だったが、そちらに集中しすぎたのだろう。

目の前まで迫る人影に気付いた時には、既に避けきれず肩をぶつけてしまった。とはいえ強い衝撃もなく、軽くぶつかった相手に咄嗟に謝る。相手からも軽く謝罪が返ってきた。

「そんで獣人のお客さんにはパンとスープ大量に作って腹を満たしてもらって」

「ない、良い？」

「はい？」

引き続き悩み始めた宿主の思考を止めたのは、後ろを歩くクァトだった。

振り返れば、クァトも同じく自らの後ろを振り返っている。その視線は先ほど宿主にぶつかった男を追っていて、路地に消えていった姿を見送ったかと思うと不思議そうに此方を向き直った。

「金、ない、良い？」

「え？」

「盗られた」

バッと宿主がズボンのポケットを押さえた。

先程まではあった膨らみがない。ざっと血の気が引いていくのが分かる。

「良くねぇ!!　くっそ何処行ったあいつ!!」

宿主は近くの屋台の店主に荷物を乱暴に押し付けた。

近くにいたお陰で会話が聞こえていたのだろう。早く追いかけろと怒鳴るように急き立てる言葉に礼を叫び、猛然《もうぜん》と駆けていく。

その後を、おろおろしていて屋台の店主に促されたクァトも追いかけた。荷物は店主にブン取られた。

「追う？」

「速ッ、もう追いつかれた……じゃなくて追いますよ捕まえて一発ブン殴る!!」

スリが逃げていった路地に飛び込む。

気付かれる筈がないと余裕で歩いていたのだろう。宿主の殺意溢れる言葉に振り返った男がすぐさま走り出した。

「殴る」

「そうですよ絶対殴る!! あん中に貴族なお客さんからもらったばっかの宿代も入ってんのにクッソおい待てってっつってんだろ!!」

今日は買い込むからと、多めの資金を持ってきたのが裏目に出た。

宿主は情けない事だと苛立ち、自らを撒《ま》こうとするかのように路地の分岐を曲がろうとする男を睨み付ける。正直すでに息切れが激しいが、見失ってたまるかと速度を上げようとした時だ。

ひゅっと隣を風が通り過ぎた感覚。

何がと疑問を覚えた直後に見たものは、曲がり角に姿を消しかけた男が頭を握られて壁に叩きつけられた姿だった。嫌な音がした。

「お客さんナイス! そのまま捕まえ……え、ちょ、ストップ、待って、お客さん待って!! お願い宿主さんのお願い聞いて死ぬっ、死ぬからっ、それ以上やると死、あっ、あー――!!」

「依頼、達成できませんでした」

「だろうよ」

申し訳なさそうに告げるリゼルに、スキンヘッドの眩《まぶ》しいギルド職員は粛々《しゅくしゅく》と頷いた。

そもそもリゼル達が今回受けた依頼自体、おかしいのだ。何故依頼を受けてから探しにいくのか。宝箱の発見すらランダム、その中から絵画を引き当てる確率も低い、更には狙った風景が出る事など有り得ないというのに。

ああいった依頼は普通、もう既に依頼の品を持っている冒険者がその場で納品するものなのだ。つまりイレヴンが正解。

「でも、惜しかったんです」

「そうだな、惜しかったな」

リゼルから一応、と渡された絵画を職員は真顔で見下ろした。

描かれているのはドアップのミノタウルス。遺跡の風景など隅の隅に微かにしか写っていない。もはや遺跡の内部かどうかも定かではない。いや、絵画はその絵画が出た迷宮の光景を描くので間違いはないのだが。

「やっぱり君達が開けたほうが良かったんじゃないですか？」

「でも絵画じゃん、リーダーのが確率高そう」

「俺らも開けて駄目だったじゃねぇか」

ワイワイと話すリゼル達が本日見つけた宝箱は四つ。隠し通路にあった破格の三つと、三つ目の階層で見つけた一つだ。

三つ並んでいた宝箱は一人一つ開けた。ジルが切れ味特化のナイフで、イレヴンが大きめの宝石がついた指輪で、リゼルがどんな汚れも一瞬で落とすスポンジだった。慰められた。

そして当のミノタウルスの絵画は、三つ目の階層で見つけたものだ。噴き出された。

「あー……どうする、依頼は破棄《はき》するか？」

「そうですね、今日一日って決めてましたし」

依頼の破棄は記録にも残るし、ギルド職員からの印象も悪くする。

元々ペナルティのない依頼なので今回は咎める事もないのだが。とはいえ今回ばかりは印象など悪くなりようがないなと、ほのほのと微笑むリゼルに複雑そうな顔をした職員は思う。

「一応、この依頼は暫く貼りっぱなしの予定だ。他の奴が達成しなけりゃ残ってるだろうし、偶然でも手に入れる事がありゃ達成してみてもいいんじゃねぇか」

「そうします」

そして手続きの終わったギルドカードと絵画を返却する。

絵画をどうしようやら、〝草原遺跡〟の攻略はどうするやら、他愛のない雑談を交わしながらギルドを出ていこうとする三人を職員が見送っていた時だ。ふとリゼルが振り返り、にこりと笑う。

この展開は何度か覚えがある、と職員は顔を引き攣らせた。

「明日、新人を連れてくるので手続きの準備をお願いしますね」

その後、リゼル達の姿がなくなったギルドは〝あのリゼル達が連れてくる新人〟の話題で持ちきりとなった。

「ただいま戻りました。ちゃんとお手伝い、できましたか？」

「した」

「おかえりなさい貴族なお客さんちょっと言いたい事あるんですけど良いですかね⁉　手綱握るんならきっちり握っててくれませんかね俺すげぇナハスに怒られたんですけど⁉　いえ刃物なお客さんも滅茶苦茶怒られてたんですけどね⁉　一番取っつきやすい人が一番歯止め効かないとかホントびっくりなんですけどっていうか何で腕から剣生えるんですか怖い‼」

「そうですね。こうして怖がる人もいるので、あんまり生やしちゃ駄目ですよ」

「分かった」

「そこ⁉」

でも正直スリの男はザマァ、と宿主は後に友人との飲みの席で良い笑顔と共に供述《きょうじゅつ》した。

閑話：ジルベルトの歴史

ジルがアスタルニアのその店を訪れたのは偶然だった。

美味い酒が飲めると噂で聞いたオーセンティックバー。やや路地の奥に位置するその店は、外観どおりの小さくて古臭くて狭い店だ。

しかしカウンターの後ろに並べられた膨大な数の酒瓶を見れば、噂に偽りなしと誰もが頷くだろう。そんな知る人ぞ知るこだわりの店。

「……お前、ジルベルト？」

店に入ってすぐ聞こえた声に、ジルは微かに眉を寄せてカウンターに立つ男を見た。

然して年も変わらないだろう男が、まさかと怪訝そうな様子で此方を見ている。その顔と今は滅多に使われない自身の名を思えば、深く沈んだ記憶に薄っすらと引っかかるものがあった。

「……ああ」

「ああ、って何だ。ああって」

成程思い出した、と一つ頷けば不服そうな文句が返ってくる。

月も頂点に上る頃だ、店内には他に客もいない。気にせずカウンター席に腰掛ければ、マスターと呼ばれる立場の男は肩を竦めて拭いていたグラスを置いた。

「ガラが悪くなってまぁ」

「煩ぇ」

白い布を畳みながら笑った男を、ジルはぎしりと椅子の背に体重を乗せながら眺める。

自覚してから見てみれば、その顔には見知った面影があった。生まれ故郷で共に過ごしていたのは、まだ互いに随分と幼かった頃の事だ。

最後に顔を合わせたのも随分と前。とある侯爵《こうしゃく》家を出て、村へ顔を出した時か。

「何にする？」

「ラフロイグ」

「またマニアックなモン選ぶなぁ。ロック？　ストレート？」

「ストレート」

そこらの酒場では滅多に扱われない酒だ。

駄目元で頼んだのだが、どうやら取り扱っているらしい。噂は確かだったようだと、片肘をつきながら男の手元を何ともなしに眺める。

男はラベルも形も様々な酒瓶を迷いなくなぞり、目当ての瓶を手に取った。

「噂は聞いてるよ、〝一刀〟」

ふいに、揶揄いを滲ませながら告げられた呼び名にジルは眉を寄せる。

一刀などと呼ばれ始めたのはいつからだったか。少なくとも最後に村を訪れた時は呼ばれていなかった。なにせ、その時にはまだ冒険者になっていなかったのだから。

何も言わずとも視線に気付いたのだろう。男はボトルを開けながら親しげな声色で告げる。

「言ってただろ、冒険者になるって」

「それだけだろ」

「お前ならそれで充分だろう」

男はカウンターの上にショットグラスを置きながら、姿勢よく目を伏せる。

「一刀が冒険者最強だってんなら、お前以外にあり得ない」

酷く信頼を感じさせる言葉を、しかしジルは鼻で笑った。褒められてはいるのだろうが、それが純粋な賛美でない事など分かりきっている。

透き通った色濃い黄金色が揺れるグラスへと手を伸ばし、口元に寄せる。独特の磯《いそ》の香りが鼻を掠めた。

「随分と面白がってくれたからな」

「そう言うなって。小さい頃ならそんなもんだろ」

照明の落とされた店内で男が笑う。ジルは舐めるほどの量の酒を一口含んだ。

最初に感じるのは酷くスモーキーな香り、そして海藻《かいそう》に似た磯の香りと、それらが全身に回る頃に微かに顔を出す仄《ほの》かな甘いバニラの香り。

この程度ならば好ましいのだが、と内心で呟きながら堪能する。

「俺達はまぁ、ずっとお前と遊んでたんだから普通だと思ってたけど。外から来た奴らのリアクションったら凄かった」

飲めない事は置いておくとして、リゼルは好まないだろうとぼんやりと思った。

ジルはそのままグラスを置いて、とある〝最悪の迷宮〟を思い出す。潜った冒険者の過去を見せてくるそこで、子供時代の自身を見たリゼル達が子供らしくないだのガラが悪いだの散々言っていた。

本人に自覚のしようがないだろうにと思うが、ジルにとっては聞きなれた感想だ。

「それで戦えねぇガキ、冒険者の前に引っ張り出すんだからな」

「ふふ、良いだろ。余所の奴が、お前見ただけで腰引けんのが面白かったんだよ」

今思えば大概だよなと、思わないでもない。

あれは確か、自身らの年齢が十にも満たない頃だったか。周囲の同年代の子供に比べれば力はあるほうだったし、少なくとも母親よりは捗《はかど》るという理由で自主的に薪割りをしていた時に目の前の男に呼ばれた事があった。

『おい、ジルベルト。ちょっとこっち来いよ！』

『てめぇが来い』

『意味ないだろ！』

一体どういう意味なのかと斧《おの》を担いだまま向かった先に居たのは、己の祖父である村長と見た事のない男達だった。

『誰だ、あいつら』

『冒険者らしいぜ。ほら、近くの森に魔物が出ただろ』

『ああ……』

顔も人数も覚えていないが、恐らく報酬か何かで揉めていたのだろう。

子供心に不快感しかなく、ジルは友人らとやや離れた場所から睨むように冒険者達を眺めていた。場合によっては、他の大人達を呼びにいかなければならないからだ。

その時だ。不満たらたらな顔の冒険者が偶然にもジル達を見付けた。

『……?!……、……?!』

斧を担ぎ、片手をポケットに引っ掛け、友人達とつるんで立っていた姿に冒険者が何を思ったのかは今でも分からない。ただ五度見ぐらいされた。

ジルを見た余所者は一様に、ここまでは毎度同じ反応をするのだ。相手が冒険者であれ商人であれ、客人であれ隣町の自警団であれ誰もが似たような反応をする。

そして続く言葉も、人により大体は決まりきっていた。

『あんなのが居るなんて聞いてねぇぞ……ッ』

一体どんなのだというのか。

村長である祖父は都合が良いと誤解をそのままにしていた。

『まさか幼い頃から戦闘技術を叩き込み、戦士を生み出さんとする村……！』

変な疑惑の所為で一度視察が入った。村長である祖父は懸命に否定していた。

『ほう、何とも強靭《きょうじん》な覇気《はき》……是非、手合わせ願おう』

剣など握った事もないジルは流石に死ぬ。村長である祖父は必死に説得していた。

それらを面白がって、時にはわざとジルを余所者の前に連れ出すのだから子供というのは残酷だろう。ジルも正直、目の前の男に対して〝いつか前歯折れろ〟と常々思っていた。

同郷《どうきょう》の慈悲などない。

「そんな男が最強じゃないなら、逆に驚きだろう？」

「好き勝手言ってんな……」

喉で笑う男に溜息を零し、ジルは煙草を取り出す。

何も言わず差し出された灰皿を受け取り、火をつけた。煙草をつまみに酒を飲むのは、久々な気がした。

「だから、冒険者になるって報告しに村に帰ってきた時も正直安心したよ」

男はカウンターの向こう側で小さな椅子を引き寄せ、腰かけながら告げる。

「何処ぞの貴族様に連れていかれた時、お前は納得してたみたいだけどさ……村の皆は心配してたからな」

あまりにも貴族とジルを結び付けられない村人達が盛大に混乱しつつ、それなりに心配しながら送り出してくれたのは母親の死から一《ひ》と月《つき》経った頃だっただろうか。

それなり、というのも悪い意味ではない。

まず第一に、ジルが何かしらの苛めを受けるようには全く思われなかったこと。いざとなれば一人で生きていくか、帰ってくるだけの力があると思われていたこと。剣の腕ではない、しっかり者という意味だ。

結果村人達は、果たして貴族入りしていいのだろうかという混乱が勝った。

「まぁ来いっつうなら行くだろ。貴族だし」

「そこで父親だしって言わないところがお前だよなぁ」

ジルは当時を思い出しながら煙を吸い込む。

特に、何かを思う事もない。貴族様という単語にリゼルを連想してしまうくらいには、ジルにとって血の繋がった父というものが大した意味を持たないものだからだ。

父親と言っても迎えがくるまでは会った事もなく、引き取られてからも数回しか顔を合わせていない。好き嫌い以前に〝稀《まれ》に見かけるおっさん〟程度の認識しかなく、今も昔も大した縁など感じてはいなかった。

「まぁ、母親が母親だからな」

「まぁな」

ジルの母が死んだのは、流行り病が原因だった。

女手一つで真っ当な愛情を注いでくれたお陰で、その頃の記憶は暖かいものに包まれている。たおやかで花が綻ぶように笑う、ふんわりとした母だった。

姿形は朧気《おぼろげ》だが、「ジル君」と自らを呼ぶ声は今でも思い出せる。


これは祖父から聞いた話だが、母には婚約者がいたという。

その婚約者を事故でなくしてから、村一番の器量良しと呼ばれる彼女が誰かを想う事はなかったそうだ。しかしジルは母の悲しんでいる姿を一度たりとも見た事がないし、それについて母本人に聞いてみれば楽しそうに思い出話をしてくれた。

悪い意味で引き摺っていた訳ではなかったのだろう。上手く区切りを付けられた、ただそれだけの事だ。

ただ、子供は欲しかったのだという。

しかし心は亡き婚約者に既に捧げてしまっている。それは夫となる相手に失礼だろうと悩んでいた時だ。とある貴族の接待の打診が、母親の耳に入ったのは。

ジルの村は、他の幾つかの村と纏めてその地の領主に治められていた。

それぞれの村の村長達は、娘が生まれれば代々奉公《ほうこう》として領主の元へ下働きに行かせる事になっ

ていた。領主もそれを理由に、各村に温情《おんじょう》を図る事ができるようになる。

そんな善良な領主の元へ、勿論ジルの母も奉公に出ていた。

領主は働く娘達が何かを学ぼうとすれば、快くサポートしてくれた。娘を通して意見を交わせるようになり、領地運営の齟齬《そご》がなくなったうえ、娘同士で友好を深める事で村同士の交流も活発になったという。

そんな領主がある日、ジルの母を含む娘達を集めた。

『今度、パルテダールからとある貴族が来る事になった』

何処か沈痛な面持ちでそう切り出した壮年の領主に、娘達は一様に心配そうな目を向けた。横暴な要求でもされたのか、それとも何か悪い疑いをかけられたのか、そう自らを心から案じてくれる娘達に領主もさぞ心苦しかった事だろう。

『……知ってのとおり、私は大した力を持たない弱小貴族だ。だが相手は、国の王都を守護する騎士、その統括《とうかつ》である侯爵家の次期当主である身でね』

そこまで聞けば、日頃から惜しみなく知識を与えられている娘達も気付く。

ようは、相手に相応しい十分なもてなしができないのだ。それを気にしない相手ならば良い、気に入らずとも此方が抑えられる相手ならば良い、しかしそうでないなら厄介事は免れない。

それを補う為に、とれる手段がたった一つだけある。

『調べた限り、先方に悪い噂は聞かない。厳格《げんかく》な方なのだろう、申し出を拒む可能性のほうが高い』

領主はきつく手を握り、しかし真っ直ぐに娘達を見つめながら告げた。

『金で解決しようとしている訳ではないが、申し出てくれた者には謝礼も出す。その結果、子ができれば君達の願うままに十全《じゅうぜん》で継続的な支援を行うと約束しよう』

その声は無理矢理絞り出したように苦渋《くじゅう》を孕み、彼が本意ではないと伝えていた。

『……誰か先方の寝室の扉を、叩いてくれないだろうか』

『あら、なら私が行きますね。うふふ、ちょうど良かったわ』

『!?』

即行オッケーした母に、領主は何が起こったのか分からない顔をしていたと後に彼女は面白そうに語った。

母にとっては渡りに船だったのだろう。相手に思い入れる必要がなく、懸念だった金銭面にも援助があるというのだから。とはいえ母から事情を聞いた領主は、自分から言い出した癖にそれはもう熱心に彼女を説得したらしいが。

『いいかい、片親のいない子供がどんな負担を背負うか云々《うんぬん》』

『勿論君の負担も云々』

『私が言える立場ではないが云々』

『周囲のサポートを得られる環境が云々』

切々と説いてくれたらしいが、華奢でたおやかなジルの母は存外頑固だった。領主は最終的に折れ、無理をしない事を条件に認めてくれたそうだ。

そして件《くだん》の客人が訪れた際、彼女はその寝室を訪れた。

ジルは知らないが、この時に父親である男は一度接待を拒否している。しかしまさかの事情を一から説明され、男が何を思ったのかは分からないが両者合意のうえで接待は行われた。

そうして客人の滞在中に無事母は子を授かり、ジルが生まれてくる事となる。


「初めて聞いた時は俺も驚いたよ。ジルベルトが貴族の子供なんてな」

「俺もな」

「だよなぁ」

ジルは煙草を灰皿に押し付け、ショットグラスを摘みながら適当に同意を返す。

特に隠していなかった事もあって、村を離れる時には事情は村中が知っていた。目の前の男も、ジルが村を出ていく理由が分からずに親に聞きでもしたのだろう。

座ったままの男が近くの酒瓶を引き寄せ、自らの杯にそれを注ぐ。

「飲むのかよ」

「良いだろ、他に客もいない」

自分の分だろうと手を抜かないのは、バーの主らしく美味い酒が飲みたいからか。

慣れた手つきでマドラーを回す姿を眺め、ジルは酒で湿った唇へと二本目の煙草を差し込んだ。

「それにしても、その侯爵様は何でお前を引き取ったんだか」

男も同じように煙草を取り出し、掌で覆うように火をつける。

バーの狭い空間に二種の香りが混ざり合い、広がった。良い趣味をしている、なんて互いに思いながら会話を交わす。

「知らねぇよ。義務じゃねぇの」

「何の義務だよ」

「仕込んだ義務」

「ハハッ、真面目だな」

男は肩を揺らしながら笑い、ロックグラスを傾けた。

ジルとしても、自分を引き取った意図など聞いたこともなければ興味もない。本当に義務だとすれば随分と堅物《かたぶつ》な事だ、なんて思いながら肺を満たした紫煙《しえん》をゆっくりと吐き出した。

「良い生活は送れたか？」

「飯は美味かった」

「そりゃあ良かった。剣もそこで習ったんだろう」

「ああ」

美味い食事と剣術指南《しなん》、それだけでジルは割と感謝すらしている。

特に剣は、村に居たままでは高めようがなかっただろう。いずれは村の自警の為に剣を握ったかもしれないが、平和な村ではまともな指導もなければまともな剣もない。

リゼルやイレヴンが聞けば「それでも最強にはなってたと思う」などと宣うだろうが。上を目指す事を知れたのは、魔物ではなく人相手に剣を振るったからこそなのだろう。

「それで最強なんて呼ばれてんだから、上達も早かったろ」

「嫡男負かすぐらいにはな」

「お前なぁ、そこは負けてやれよ」

「ガキに無茶ぶりしてんじゃねぇよ」

呆れたように言われ、鼻で笑う。

確かに今であれば流すだの何だのできるだろうが、剣術を覚えたての頃は暇さえあれば剣を握っていたのだ。そんな子供が実戦に近い対戦相手を与えられれば、全力で剣を振るのも当然だろう。

「追い出されたってのは、それが原因か？」

「さぁな」

カラン、と男の持つグラスの中で氷が音を立てる。

「直接の原因かっつうと、違ぇかもな」

オルドルにジルが初めて勝利したのは、訓練から一月経った頃だ。だが何だかんだで四年か五年かはあそこに居たのだから、それが原因というには弱いだろう。全く関係がないとは言えないだろうが。

侯爵家を出た時の事を、ジルはグラスの最後の一口を呷りながら思い返す。

暮らし始めて数年、体つきから幼さが消えた頃だったか。正直記憶は曖昧で、あの家での事など壁に飾られていた剣ぐらいしかまともに覚えてはいない。

宛がわれた教育係は、最低限の事さえこなせば文句を言わなかった。そしてもはや剣を指導してくれる相手も底をつき、一人黙々と鍛錬《たんれん》に励んでいた時の事だった。

『ジルベルト様、旦那様が呼んでいらっしゃいます』

タオルを手にした使用人に呼ばれた。

呼びつけられての邂逅《かいこう》など、侯爵家に引き取られた時以来だった。汗を拭い、そこらに引っ掛けておいた上着を羽織って使用人の後ろをついていく。

そして通された部屋で、挨拶もなく侯爵である男が厳格な声で告げた。

『このままの暮らしを続け騎士となるか、出ていくかを選べ』

『出てく』

そろそろ実戦にも飢えていた。

このまま侯爵家の一員として過ごすよりは、外のほうがその機会も多いだろう。悩みもせず答えたジルに、相手は鷹揚に一つ頷いただけだった。

予想が合っているのだとすれば、彼の中で義務は果たしたと判断されたのだろう。

『必要なものは周りの者に言え』

『ああ』

『以降、我が家名を使用する事を一切禁ずる』

『分かってる』

『行ってよし』

それが侯爵であり、血の繋がり上は父親である男と最後に交わした会話だった。

ジルは限りなく素だったので、傍から見れば奇妙な光景だっただろう。それなりに感謝はあれど、恩を感じるかといわれるとそれ程でもない。

退室の許可に頭を下げることなく踵を返し、その足で使い慣れた剣と多少の金だけ握って屋敷を出ていった。

「まぁどっちにしろ、お前は冒険者のほうが合ってるよ。追い出されて良かったじゃないか」

カラカラと笑う男に、全く同感だとジルは並んだ酒瓶に目を滑らせる。

「何にする？」

「そこのボトル」

「希少なもんに目ざとい事で」

男が立ち上がり、重厚なデザインの酒瓶を手に取った。

何も言わずロックグラスを用意するあたり、そう飲むのが定番なのだろう。見た事のないラベルが目についいて選んだものだったので、要望もなく任せるままにした。

「村に帰ってきたのは、丁度その頃か」

「ああ」

「全員一発でお前だって分かったよな」

可笑しそうに言われた言葉に、短くなった煙草を灰皿に押し付けながら顔を顰める。

侯爵家を出た事を伝えておこうと、久々に帰った故郷では誰一人としてジルを見て〝誰だ〟とは言わなかった。年相応の成長はしていただけに、釈然としなかった覚えがある。

「あの頃のお前は、まだ冒険者じゃなかった。ほら」

「そうだな」

差し出されたグラスの中で、揺れる氷が微かな光をチラチラと反射していた。

何となくその動きが止まるまで待ってから手に取り、口をつける。ややバニラっぽい新樽《しんだる》の香り、先程よりは癖が少なくて飲みやすい。

「一刀の噂が聞こえ始めた頃、お前の事だからすぐにSランクになるって思ってたけど」

「ランクアップするかしないかは自由だろ」

「侯爵様と確執でもあるんじゃゃって、村長が心配してたぞ」

「ねぇよ」

喉を通り抜けた芳香の余韻に、薄っすらと開いた唇からふっと息を吐く。

「今は、完全に」

吐息と共に零れたそれは、男に届かなかったのだろう。

何か言ったかと此方を見る相手に、再度口にする事はなくもう一口酒を含んだ。

「なら、これからもBランクのままなのか」

「さぁな、その内上がる」

「そんな事言って、もう何年Bランクやってると……」

呆れたように言った男が再び椅子に腰かけながら、ふと言葉を切った。

「そういえばお前、ようやくパーティ組んだんだったな」

男は意外そうに告げ、自らの灰皿に置いていた煙草へと手を伸ばす。

しかし随分と短くなってしまったそれに、続きを味わう事を諦めたのだろう。カウンターに無造作に置いてある箱から新しいものを取り出し、口に咥《くわ》えていた。

「そいつらが上がるなら上がるって事か」

「ああ」

「へぇ」

男の煙草を咥えた唇が弧を描くのを、ジルは鬱陶しそうに眺めた。

こういう相手なのだ。人の好さそうな顔をしてバーのマスターなんてやっている癖に、子供の頃から何も性根が変わっていない。面白そうだと思えば何にでも食いつく。

もしリゼルを連れてきでもすれば、まぁ最初は唖然とするだろうが、その内面白可笑しい思い出話を語り始める事だろう。絶対に連れてこない事を誓う。

「どんな奴なんだ？」

「冒険者に見えねぇ奴と、性格クズな奴」

「……お前よくパーティ組んでるな」

的確過ぎる説明に返ってきたのは真顔だった。

「ソロ生活長すぎて感覚狂ったんじゃないか」

「ねぇよ」

何故、と言われても答えられない。

そもそもの前提が違う。男はジルが選んだのだと思っているようだが、選ばれたのは此方なのだから。

侯爵家を出てから村へ報告に戻った後、ジルは近場のギルドで冒険者登録をした。

特に冒険者になりたかった訳ではない。実戦で剣を振るい続ける生活に、最も一致したのが冒険者だっただけだ。まさに天職だろう。

そこから十年近く、あるいは十数年はずっとソロだった。年若さとソロであるゆえに実力や成果を疑われ、時に絡まれ時にしつこく勧誘され、そうしながらも依頼を黙々とこなしてBランクになった頃には既に一刀と呼ばれていた。

数年前に活動拠点を王都に置いたのは流れだった。近い順に国を巡り、その流れ。

気候は一年を通して温暖で穏やか。国は栄え、様々な店が揃い、人口に比例して依頼の数も多い。

そして迷宮も多く、多種多様にあり、同じような条件の都市を幾つも有している。

まさに冒険者にとっては理想的な国だ。ジルも比較的長い期間、拠点にしていた。

そこで変わらず剣を振るい、依頼を受け、時に若作りの爺に剣を押し売りされながらも何の変哲もなく過ごしていた日々。

それが、ある日を境に劇的に変化した。

村に居た時の事も、侯爵家に居た時の事も、ソロで冒険者をしていた時の事も酷く曖昧な記憶と化していたのに。出会ってから今までの事は、全て鮮明に覚えている。

『どうしました?』

邂逅は、とある路地裏だった。

酷く品のあるどうみても貴族である男が、とある路地裏に入っていこうとするのを見かけて声をかけた。親切心からではない、馴染みの店がその先にあったからだ。

つい先日、裏商店の一つが色々やらかして憲兵が突入したばかりだったというのもある。それから早々に貴族が何かしらの被害にあっては、それこそ色々なものが一掃されかねない。

『タチ悪ィのがいる、止めとけ』

煙草然《しか》り、酒然り、その店でしか手に入らないものがある。

それを好む身としては消えてしまっては困るのだ。だからこその忠告。

それだけの筈だった。振り返った男が想像以上に貴族然としていたのも、酷く穏やかな返答が寄越されたのも、あまりの場違い感に違和感を抱きながらも去る筈だった。

引き留められた時点で、引き留められて足を止めてしまった時点で、手遅れだったのだろう。

選ばれてしまった。望まれてしまった。今となってはよく分かる。そうなった時点で逃れられるものではなかったのだ。

だが、それに気付こうと変わらない。結局は自らの意思で傍にいる。

出会う前に何を考えて生きていたのか、今ではもう分からない。

「……言っとくが、パーティの頭は俺じゃねぇぞ」

思わず零れた笑みは自嘲だったかもしれないし、違うものだったかもしれない。

ただ悪い気はしなかった。残る酒を一気に飲み干したジルに、男が勿体ないとばかりに眉を寄せながら口を開く。

「意外だな、どっちなんだ？」

「冒険者に見えねぇほう」

「へぇ、今度連れてきてくれよ」

「来ねぇよ」

その返答に文句を言う男を流し、追加の酒を注文する。

いつもどれくらいに店を閉めるのかなど知らないが、男が拒否しないのならば良いだろう。久しぶりの再会で男の口もよく回っているようだし、多少長引くのは仕方ない。

「そういえばジルベルト、たまには村に帰ってやれよ。村長も孫に会いたいだろうに」

「遠いだろ。何でこんなとこに店出してんだ」

「美味い酒を求めたら此処にたどり着いたんだよ」

周囲の店がポツリポツリと灯りを消すなか、とあるバーではいつまでも灯り続ける。

こうしてアスタルニアの夜は更けていった。


それから数日後。

それは、とあるバーのマスターが果物を仕入れていた時だった。見覚えのある黒い姿を見つけ、咄嗟に手を上げて声をかけようとする。

しかしその口はぽかりと開いたまま、呼びかけの声を上げる事はなかった。

「ジルベルト……と？」

並んでいたのは酷く高貴を感じさせる男と、赤い髪が鮮やかな獣人だった。

穏やかな微笑みは品に溢れ、親しげに自らの知人と会話を交わしている。もしや侯爵家時代の知人なのか、よく気が合ったものだと思いかけて、彼は気付いた。

「あの獣人はきっと、性格クズなほう……！」

イレヴンは対面も果たしていない内に性格がクズだと断定された。

日頃の行いはこういうところに出る。

「だとすれば、もう一人は」

男は、あまりにも信じがたい現実に愕然とした。

確かに冒険者には見えない。全く見えない。どう見ても見えない。というかそれどころではない。聞いていた話が脳内でぐるぐる回り、必死に否定の材料を探すものの、しかし視界に飛び込んでくる光景がそれを許さなかった。

「……ジルベルト、凄い人とパーティ組んでんな」

遠い目をする男へ、店主から果物の入った籠がぐいぐいと押し付けられる。

それを無意識に受け取りながら、しかし彼はただ一つ確かに納得した事があった。冒険者最強を冠し、幼い頃から孤高を体現していたような友人を率いる事ができる者が果たして存在するのか、ずっと疑問だったのだ。

「あれはリーダーだわ」

古い友人の上に立つならば彼以外ありえないと、そう思ってしまった。

それこそが冒険者に見えない相手を、冒険者だと判断させる唯一絶対の根拠。

「連れてきてくんねぇかなぁ」

パーティで自らの店を訪れてくれる日を夢見る男は、そんな日が来ない事も薄々勘づいている。

魔鳥騎兵団は気付いている（個人差あり）

王宮にある魔鳥騎兵団の宿舎。

その談話室には今、見習いを除いた騎兵全員が集まっている。全員が座れる椅子はなく、あぶれた者は壁際に立ち、あるいは棚に椅子の背に座っている状態だった。

彼らの表情は硬く、空気は肌を刺すように不穏。誰もが沈黙を保っていた。

その視線はただ一点、騎兵団という群れを統括する長へと向けられている。

「まず、私からお前達に感謝を伝えよう」

視線の先には軍服に身を包んだ一人の女がいた。

空を背景に足を組み、窓枠に腰かけている彼女はとうに妙齢《みょうれい》も過ぎた年頃ながら、魔鳥にも負けぬ強い眼差しでゆっくりと彼らを見渡した。

その顔は泰然《たいぜん》とした笑みを湛え、唇から発されるのは落ち着いたアルト。溢れる覇気《はき》は、軍の頂点に立つ王宮守備兵長に勝るとも劣らない。

「パートナーの尊厳を守る為、一丸となり最善を尽くした。そんなお前達を誇りに思う」

賞賛の言葉にも、普段ならば次々と声を上げる騎兵達は沈黙を貫いた。

「そして、私からお前達に詫びよう」

彼女は浮かべていた笑みを消す。真摯に、何より己こそが耐えがたいと伝えるように。

その言葉にある者は苛立つように眉を寄せ、ある者は不快に唇を歪める。ただ目を伏せる者、溜息をつき他所へ視線をやる者、抱く感情は此処にはいない何者かへ。

「我らが魔鳥を地に落とした者達が、アスタルニアで処分される事はない」

誰もが激情をこらえるように、血管が浮かぶ拳を更に強く握り締めた。

「ナハス、おいで」

「はっ」

騎兵達への説明を終え、彼女は談話室を出た。

その際にナハスを伴ったのは、副隊長だからではない。唯一、知っているからだ。

「全く、我ながら大した説明だ。情けないね」

「奴らも察しているでしょう。まぁ、数人はキレたが……」

「ふふ、いつまでも小鳥のように騒がしい奴らめ」

彼女が己の隊員達に伝えられた事など微々たるものだった。

それは騎兵団襲撃の犯人がサルスの関係者であること。国の関与は不明であること。

犯人の確保は既に済んでいること。彼らの処分は相手国との協議のうえで決定すること。その為の会合で魔鳥騎兵団が使者の送迎《そうげい》を担当すること。これだけだ。

襲撃の正確な目的も、手段も、事態がどう収束したのかも何一つとして伝えられていない。

「まぁ、これでも知らされたほうか。襲撃犯の移送を担当するからだろうが」

「隊長は、どこまで」

「うん？　そうだね、私も全ては知らされていないだろうな」

宿舎内の階段を下りて、外へ。王宮を目指す。

襲撃から数時間、やる事は山ほどある。ぴんと伸びた背筋のまま一定のペースを変えない歩調は、それでも子供が小走りになる必要がある程度には速い。

「どうにも襲撃犯の周りが曖昧だ。奴らが何処で行動を起こし、誰がどう捕まえたのか……まぁ、言えないというなら予想はつかなくはないが」

「言えないというのは、守備兵長から？」

「ああ、そうだ。これから国王も交え、限界まで口を割らせるつもりではある」

彼女は鼻で笑った。

勿論有言実行である。今回の件の最たる被害者である魔鳥騎兵団、国の防衛の要であるそれの更にトップである彼女の地位は、王宮内でも非常に高く確立されている。

一軍人として国の秘匿《ひとく》を暴きはしないが、権利に相応した情報開示は求めるべきだろう。彼女とて、愛すべき魔鳥を蹂躙されて黙っていられるような慎み深さなど持ち得ていなかった。

「程々にしてください」

「お前は本当に手間のかからない奴だなぁ、可愛げのない」

王宮の廊下で、彼女はふいに歩みを止める。

そしてたたらを踏みながらも同じく足を止め、訝しげに己を見下ろすナハスを振り返った。強い瞳が挑戦的な光を宿し、目の前の己を律する事に長けた男を見据える。

「本当に程々にしてもいいのか？」

「？　何を……」

「愛しい相手を地に這いつくばらせた奴らを見逃してやって、その屈辱を晴らす事を放棄し、元凶を真綿《まわた》に包むかのように懇切丁寧にサルスまで送り届けてやるのが」

直後、胸倉を掴み上げられて彼女は言葉を切った。

目の前の男の顔は辛うじて平静を装いながら、瞳は憤りに満ちている。何も言わないが、彼女の軍服を握った掌の震えは雄弁だ。

その姿に、彼女はしてやったりと笑みを浮かべてみせる。

「そら、思ってもない事を言うからそうなるんだ」

「は……」

「自制心が強いのは良い事だけどね。魔鳥と翼を共にする私達は、獰猛なくらいが丁度いい」

彼女は解放された軍服の襟を正しながら、不敵にそう口にした。

我に返ったのだろう、後悔を露に頭を抱えているナハスに声を上げて笑う。

「ただし、憎悪を表に出すのは許さない。無理なら魔鳥の前には顔を出すなよ」

「伝えておきます」

「それが可能な奴らだけ、今日は一日パートナーのケアに勤《いそ》しむといい。無理そうなら見習いに頼め。上空の見回りもなし、今日は余所で警備を固めてもらおう」

了承を返すナハスに、彼女はふと思い出したかのように声量を抑えながらも告げた。

「御客人の調子は?」

「今は書庫のアリム殿下の部屋で療養中です」

「あの引きこもり殿下が、よくもまぁ気に入ったものだ」

ナハスがリゼルの看病に励むのには彼女の許可が必要だった。

危機は去ったが緊急事態には変わりない。そんな時に彼女がナハスが度々席を外すのを認めたのは、第一にアリムという王族の命があったから。第二にリゼルが魔鳥を開放して回った事を、アリムから報告を受けた国王に聞いていたからだ。

結果、熱を出して寝込んだというなら看病はもはや義務である。

「存分に世話をしてやってくれ。得意だろ？」

「いや、得意では……」

「あはっはっ！」

複雑そうな顔をするナハスに笑い、彼女はひらりと手を振った。

踵を返して王宮内を進む。背後では、宿舎へと戻っていくナハスの足音が遠くなっていった。

残るは、己のブーツと王宮の磨き抜かれた廊下とがぶつかる音。一定のペースは崩れない。そのまま思い浮かべたのは、今も揃って書庫にいるだろう過去に王都からアスタルニアへと運んだ三人。

「私からも礼を言うべきだが、さて……」

呟くと同時に、許されはしないだろうと肩を竦めた。

間違いなく拒むだろう黒と赤。守るべきものが弱っている今、酷く気が立っている事だろう。誰も近付けまいと囲い込んでしまっているに違いない。

ならばやはり、彼らの唯一に望まれた己の優秀な部下に任せるのが最善だ。落ち着いたら件の部下にも褒賞《ほうしょう》を与えるべきだなと、そんな事を考えながら彼女は抜け出してきた評議室へと戻っていくのだった。


騎兵達はそれぞれの魔鳥の元に出向いていた。

先の襲撃の影響は顕著で、魔鳥は皆どこか落ち着かない様子を見せている。空へと飛び立ちたがるもの、厩舎でうずくまってピクリとも動かないもの、寝藁をまき散らすものや、飛ばずに走りたがるものまで様々だ。

正規の騎兵らが一堂に会している間、短い時間ではあったが世話を任されていた見習い達は頑張った。ただでさえ少ない人数であっちを抑えこっちを抑えと、先人の偉大さを噛み締めながら若干キレかけた程だ。

勿論魔鳥にはキレない。当の先人らに「おいどこ行った」とキレた。

「どうした、まだ食うのか？」

「おい寝藁掻き出すっ……っぶ！」

「後で掃除しとけよー」

幾つかある厩舎の一つ、その中にいるのは三匹の魔鳥とそのパートナー。

何か食べたい食べたいと訴える魔鳥に手を食まれている騎兵と、何かが気に入らないとばかりに寝藁を蹴っては座ってを繰り返す魔鳥にそれを浴びせられている騎兵、そして近寄ると機嫌を損ねられる為に壁にもたれて立っている騎兵の三人だった。

「これで最後だかんな。丸くなって飛べなくなるぞ」

一人の騎兵が自前の袋から木の実を掬い取り、魔鳥の前に差し出した。

普段は行儀よく一つずつ摘んでいくというのに、掌ごと大きな嘴《くちばし》に咥えられる。痛くはないので良いのだが、恐らく魔鳥も腹が減ってねだっている訳ではないのだろう。

「……ったく、何してくれんだか」

「お前さっき隊長に噛みついたばっかだろうが」

頭からかぶった寝藁を首を振って払う同僚に突っ込まれ、騎兵はぐっと眉を寄せる。

「あれで納得できるほうがおかし……ッ」

「キレんなら外行け」

壁にもたれていた騎兵に諌《いさ》められ、騎兵団の中では最も新入りである彼は口を噤んだ。

ちらりと己のパートナーを見れば、木の実を啄《ついば》む嘴を止めてじっとこちらを見つめている。窺うように小さく首を傾げた姿に、謝罪するように喉元を撫でてやった。

「何でお前らは平気なんだよ……」

「平気ではねぇよ。慣れだ、慣れ」

「自分落ち着かせるコツ知ってるってだけ」

「……すまん」

八つ当たりだという自覚があるのだろう。

目を反らした騎兵に、まだまだ青いと視線が投げられる。それに気付かず掌に残った木の実を払い、彼は一度、二度と深呼吸した。

「……なんかコツくれ」

「コツ？」

「コツか……」

平常心を保つコツ。

新入りである騎兵から問われたそれに、他の二人は目を見合わせた。魔鳥との付き合いの中で身に付けていったものだ、明確な方法がある訳でもないし、今は難しくともその内できるようになるとは思うが。

まぁ、誰もが通る道なのだ。アドバイスの一つや二つあっても良いだろう。

「俺は全く別のこと考えるようにしてんな。メシとか」

「後は、いっつも落ち着いてる奴の真似してみるとか」

ふむ、とアドバイスを貰った騎兵は目の前で自らを見つめる魔鳥と視線を合わせる。

確かに違うことを考えるのは良い事だ。思考の大半を魔鳥が占める魔鳥騎兵団が他の何を優先して考えられるのかという疑問はあるが、今日の夕食は果たして無事に食えるのかなどと考えていれば確かに少しは気がまぎれる。

もう一つは。

「いっつも落ち着いてるヤツ？」

「隊長とか」

「ありゃ落ち着いてるっつうのか」

「あの人はなぁ、冷静じゃあるんだろうが」

騎兵団らが慕う隊長は決して取り乱すような事はないが、感情の振り幅自体は大きい。

酒を飲んで大笑いする事もあれば、売られた喧嘩を率先して買いにいく事もある。賭けに負けて盛大に悔しがる事もあれば、守るべき民を傷つけられて怒りに震える事もある。

そういう隊長だからこそ、ついていっているのだが。

「じゃあ御客人か」

「あの人、城の奴らに〝おっとりさん〟とか呼ばれてんだろ」

「あの人の真似ってなると一気にハードル上がんな……」

だが想像しただけで心が落ち着くのを感じたので結果オーライか。いや、落ち着いたというより強制的に平常心に引き戻されたといったほうが正しい。

どう真似すれば、と真顔になった騎兵に構わず、他の二人は己の魔鳥から視線を離さないまま言葉を交わす。

「御客人、書庫にいんだろ？」

「あ？　何で？」

「熱出してぶっ倒れたらしいぞ。ナハスがちょいちょいどっか行くの、様子見に行ってんだと」

「あー……」

いまだ慌ただしい状況で己の魔鳥をしっかりケアし、度々何処かへ姿を消していた。

普段のリゼル達への対応を見ていると特に疑問には思わないが、今の慌ただしい王宮で寝かせている事と、それをアリムが許容している事、そしてタイミングを思えば。

「あれか。もしかして御客人、協力してくれてぶっ倒れてんのか」

「ま、そうだろうなぁ」

「は、何?」

「御客人がアリム殿下に協力して、あの魔法陣の解析してくれたって話」

真似を意識するあまり〝気品とは〟というテーマに思考を支配されつつあった騎兵が、その言葉にぱかりと口を開いた。

アスタルニアの第二王子が魔法陣の影響を受けて蹲る魔鳥を開放してくれたのはまだ、つい先程の事。流石は学者の通り名を持っているだけあって頭が良い、と騎兵団全員が深く謝意を表していたが、恐らくたまたま書庫を訪れていたリゼルも手を貸してくれたのだろう。

「……ギルドにバレたらやばくねぇ？　や、つか、巻き込んでんじゃん……！」

「その辺りは御客人がどういうつもりで協力したにもよるけどな……まぁ、アリム殿下も権力に物言わせて命令したって事ぁないだろうし、御客人が自分から協力してくれたんだろうが」

「こういう時、一刀が有難《ありがて》ぇな……強制されたって可能性消えっし……」

リゼルに何かを強要しようとしたとして、ジルがそれを許さない。

力に物を言わせようにも意味などなく、そもそも権力を笠に着ようとも何者にも帰属しない自由な冒険者がそれに従う義理はない。冒険者に言う事を聞かせたいのなら、相応の報酬を用意するしかないのだ。

「あ、だからか」

「何？」

「報酬。ナハスの看病」

「あーっ、それか！」

「そりゃ御客人の看病最優先だわ！」

騎兵団隊長がいまだ重要な協議を重ねるなか、最低限の役割だけをこなしながら空いた時間にせっせとリゼルの看病に努めるナハス。つまり、そういう事なのだろう。

「いっぱ……や、合ってるか、一般人巻き込んで熱出させたとかへこむわ……」

「ナハス頑張れ……むしろ俺らも礼言ったほうが」

「やめとけ」

凭れていた壁から離れ、己の魔鳥の寝藁を整えてやる騎兵に視線が集まった。

「今回の事は広めないのが御客人の為だ。礼はナハスに任せりゃ良いだろ」

「……ま、そうだな」

「釈然としねぇトコではあっけどなぁ……」

ここにはいない面々にも気付いた者はいるだろう。

けれど、全員が同じ結論に達する。感謝の気持ちを隠し、称えるべき偉業に気付かなかったふりをして、ただその人の安寧の為に。

余所から来ようが冒険者だろうが、今はアスタルニアの守るべき民なのだから。

「つってもアリム殿下と一刀並んで歩いた時点で居んのはバレバレじゃねぇ？」

「緊急事態とはいえ一刀を護衛に貸してくれるとか大盤振る舞いすぎるよな」

木の実の追加を催促され、そして被った寝藁を啄まれながら話す二人を一瞥し、魔鳥の翼を一撫でして騎兵は立ち上がった。むずかるように翼を繕い始めた姿に笑みを零し、再び壁際へと離れる。

凭れながら、思い浮かべるのは布を纏った姿に並ぶ黒。

己の居場所は唯一人の隣にしかないのだと、そう強く主張する存在が果たして体調を崩したその唯一人から離れるだろうか。そう考えれば可能性としては決して低くなく、あれは。

「（こんだけしてもらって気付かねぇフリっつうのも難しいよなぁ……）」

彼は深く溜息をつき、内心でナハスの看病に多大なる期待をかけるのだった。


王宮の最深部、王の座す間に立つのは魔鳥騎兵団隊長と王宮守備兵長。

「さえずるな、と言っている」

騎兵団の隊長が魔鳥の如き瞳で告げれば、守備兵長も顔を顰めてぐしゃりと己の髪をかき混ぜた。

次いで零された舌打ちに、彼女はすぅ、と目を細めてみせる。

ぐりぐりと眉間を揉んで溜息をつく王を前に、二人は向かい合っていた。

「同じ鳴き声を聞かせられて不快じゃないのは魔鳥くらいだ」

「そりゃこっちの台詞だ。何度も言わせんじゃねぇ」

「ならば聞かせてもらおう」

微かに頤を持ち上げ、彼女は威嚇を露にする獣のように目元の皺を深めた。

「私達には知る権利がある。何故パートナーが傷つけられたのか、何を以て収束したのか」

「だからそりゃ」

「……分かっていないようなら教えてやろうか？」

彼女は笑った。

隊員達を惹き付ける不敵な、誇り高いものではない。獰猛な、獲物を前にしたような獣のような、食らいつく寸前の空気がはじけ飛びそうな笑みだった。

「私達は、酷く、気が立っている」

「……あ？」

守備兵長の尾がゆらりと揺れ、微かに太さを増した。

「機嫌をとらせてやると、そう言ってるんだ」

間合いを測り、飛び掛かる寸前の捕食者。

そんな空気に煽られるように、黒と橙の縞の下にある太い喉がグル、と唸る。

だがそんな一触即発な空気も、パンッと両手を打ち合わせる音で霧散した。不穏な空気をまき散らしていた二人も流石に本気で食らい合うつもりはなく、頼むから落ち着けと仕える王に促されれば大人しく従った。

「ふふ、御前ですまないね。けど、私も知るべきではない事を教えろと言っている訳じゃないんだ」

「分かってる。あー……確かに、あれだけで納得しろってのは無理か」

守備兵長が諦めたように深く息を吐いた。

二人で王を見れば、投げやりにシッシッと手が振られる。つい先ほどまでは襲撃の対応に追われていたのだ。今もまだ解決には程遠いが、やっと一息つけるというタイミングを潰されては適わない、という事なのだろう。

話せるだけ話してやれと、そう促された虎の獣人が王へと向けていた耳を彼女へと直した。

「てめぇが知ってんのは事が起こってからか」

「そうだね。不思議と御客人の話ばかり聞いた気がするよ」

「こっちだって想定外なんだよ……アリム殿下がかんっぺきに手ぇ回したからな、解決が早ぇわ文障もねぇわで」

「良い事じゃないか」

騎兵団隊長が把握しているのは魔鳥に不調が現れてから。

原因である魔法陣はサルスの魔法使いによって発動され、それをリゼルが解決した。ざっくりと言うならそれだけだ。

とはいえリゼルの介入自体、知っている者は酷く限られているが。国の体裁というよりは、情報が漏れて再び危険に巻き込まれてはいけないという安全面での配慮だ。

「全く……民間人を巻き込んで熱まで出させてしまっては、私達軍人の立つ瀬がないいな」

「全くだ。つっても、そいつだがな」

守備兵長が腕を組む。

「たまたま書庫にいて、たまたま居合わせて解決に協力した訳じゃねぇ。何日か前から襲撃犯に攫われてたんだよ」

「……はぁ?」

彼女はきりきりと片眉を吊り上げた。

他所の国からの客人が、よりによって自国で悪行《あくぎょう》を働かれたというのだ。しかも、余所者によって。国の治安を守る軍人として容易に受け止められる暴挙ではない。

「的外れな理由で監禁されて、まぁパーティに助けられて逃げ出して、王宮に保護を求めてきてな。熱はそっちの所為らしいが」

「可哀想に、怖かっただろう」

憂う彼女は、リゼルがそうそう平静を崩すような相手ではないと知っている。

しかし、それとこれとは別なのだ。頼れる者がいなくて心細かっただろう、いつ殺されるか分からない環境は恐ろしかっただろう、幾ら平静を保てても、そんな感情が生じない事はないのだから。

それに瞬時に蓋をする事にも、偽りを本心とする事にも長けていそうだとは思っているが。

「ナハスにも気を付けて見ておくように伝えておこう。まぁ、信頼のおけるパーティメンバーがいるなら大丈夫だろうが」

「その頼れるメンバーが襲撃犯を再起不能にしてっけどな」

嫌そうに呟いた守備兵長に、彼女はどういう事かと視線で先を促してみせる。

「まぁ、話にそいつが上がるのがそこなんだよ。パーティに助けられたっつっただろ、そん時に犯人達ぶっ壊してくれてな。まともに話が聞けねぇ」

「……ああ、そういう事か。情報源が御客人だけ、と」

「お陰で取り逃ししねぇで牢には突っ込めたが」

「犯人との面会は？」

「俺とアリム殿下だけだ」

騎兵団隊長は肩を竦めた。予想はできていた事だ。

彼女にしても、襲撃犯を前に平常心を保てる余裕はない。特に、その目的を知れば尚のこと。

目の前の虎の獣人から伝えられた〝異形の支配者の使役魔法こそ至上であるという証明〟という襲撃犯達の意図に、普段は零さぬ舌打ちを零してしまった程に。

「ふざけた理由でつっついてくれる……結局、うちの奴らには言えんな」

「てめぇらんトコの奴ら、抑えてくれよ」

「よく言い聞かせておくさ」

彼女は目元を覆い、そして自らの平常心を取り戻す。

唇が浮かべるのか不敵な笑み。いつもの彼女の、彼女によく似合う笑みだった。

「お前も、言い残しはないね？」

「また何かあったら知らせる」

「よろしい」

偉そうだな、と顔を顰められて彼女はカラカラと笑った。

そして座した王へと一度礼を送り、退室の為に扉へ向かう。彼女の魔鳥とて魔法のあおりを受けたのだ、しっかり甘やかしてやらなければならない。

しかし扉の前でふと足を止める。思い出したように王と同僚を振り返り、言い残しがあったとばかりに唇を開いた。

「あまり、私達を怒らせないでくれよ」


そして扉を閉め、去っていった彼女に残された二人は深く息を吐く。

彼女の言わんとしたこと。それは、〝殺させるな〟という事だ。

騎兵と魔鳥の感情はパートナー間で伝わりやすい。それは彼らを繋ぐ魔法の影響だ。騎兵らに言わせると〝何となく分かる〟程度のものらしいが、魔鳥には多大な影響を及ぼす。

魔法という枷《かせ》により人を襲わない魔鳥。それがもしパートナーの憎悪に引きずられ、枷が外れてしまったら。魔鳥が真っ先に爪を突き立てる先は、己のパートナーだ。

だからこそ騎兵は自制しなければならない。戦いの高揚は望むところであり、逆に強い歓喜や悲哀は伝わろうともほとんど影響を与えない。けれど、憎悪だけは枷を外しかねない。

〝我々に魔鳥を殺させるな〟、〝魔鳥に我々を殺させるな〟、〝けれどそれを恐れて情報を伏せるような真似をしてくれるな〟という、彼女の牽制。

「……これだから騎兵団の連中はヤベェんだよな」

ぽつりと呟いた守備兵長に、王も気が抜けたように肩を落としながら同意する。

王宮守備兵だけが知る真実。大抵のアスタルニア兵が「魔鳥バカすぎてやべぇ」と称する騎兵団を、守備兵達だけは（まぁ大体は同じ意味で口にするのだが）少しの畏怖を込める事がある。

騎兵から魔鳥に感情が伝播《でんぱ》するのなら、その逆もまた同様に。

「時ッどき、魔鳥とおんなじ目ぇすんだもんなぁ」

守備兵長は毛皮に覆われた耳をガリガリと掻きむしり、さて今度は地下牢に捉えた者達についての相談だと王へ向き直るのだった。

理想が現実の上であるかは人次第

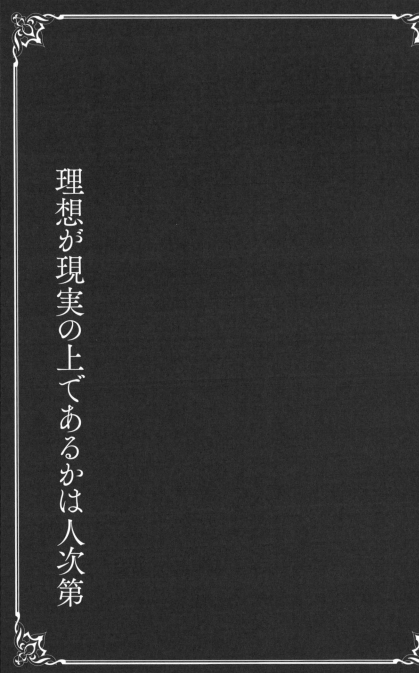

アリムへの古代言語の授業が一区切りつこうと、リゼルは書庫を訪れる。

情報提供料として折角得た利用権だ。アスタルニアにいる間は存分に活用してやろうと、遠慮なくそれなりの頻度で膨大な数の本に囲まれていた。

そしてアリムもまた、そんなリゼルを歓迎している。

リゼルがいる間は古代言語について学ぶ事が多く、分からない事があればこちらもやはり遠慮する事なく質問していた。情報提供料は出ないが良いのだろうか、といった疑問が二人に浮かぶ事はない。両者にとって些細なきっかけに過ぎなかったそれは、終わってしまえば気に掛ける事でもないのだから。

それでもアリムはリゼルを「先生」と呼び続けるし、リゼルもまた苦笑しながらそれを受け入れる。

「〝私は、泥のついた足を、布で切りとった〟」

「〝千切った布で、足についた汚れを拭った〟」

ぽつりぽつりと零された誤訳を正す。

アリムは単語の暗記だったり文法だったりは完璧なのだが、音に対する解釈というのがやや苦手だ。音色を扱う古代言語でなければ既に完璧に身に付けていただろうにと、リゼルは手元の本のページを捲りながら思案する。

「――……√、強い、悲しみ？」

「悲しみ半分、憤り半分くらいです」

「難しい、ね」

「そうですね」

笑みの滲む声に、リゼルも微笑んだ。

古代言語に関しては、実は文章より会話のほうがまだ分かりやすい。話し手の感情で変化する単語の音色、同じ音でもその時の心情によっては別の意味を持つ。

ならば目の前に表情や語調（音調）といった情報があるほうが理解しやすい部分も多い。

「先生は」

「はい」

「教えるの、上手だ、ね」

リゼルは本から視線を上げた。

アリムを見れば、古代言語の本を横に置いて五線譜《ごせんふ》の上でペンを構えている。その布に隠された視線はこちらを向いているのだろう、いきなりどうしたのかと首を傾げた。

「教え慣れてる感じがする、から」

「そうですか？」

「そう」

アリムも王族としての教育を受けてきている。

その教師らとよく似ている、と感じたのかもしれない。リゼルが過去に王族の教育係を任されていたのは確かなのでその感覚も当たっているのだが。

「誰かに何かを教えるのは二度目なので、その所為かもしれませんね」

「それは、古代言語で？」

「いえ、もっと基礎的な事を」

「へぇ」

頷いたアリムに、「冒険者らしくない」というう考えはない。

彼にとってはリゼルが冒険者である事など、教えを乞ううえで何ら関係のない事であった。知識量や考え方、リゼルのそういったものにアリムは敬意を表しているのだから、むしろリゼルの返答は非常に納得のいくものに外ならない。

「先生に教わって、その子も幸せ、だね」

「そうだと良いですね」

リゼルは目元を緩め、昔の教え子に思いを馳せる。

本来ならばリゼルなどでは役者不足である教育係。当の教え子がいかにヤンチャとはいえ何故リゼルの名前が挙がるまでになったかといえば、教え子の兄に「気が合いそう」という理由で推薦されたからだ。勿論、他にも色々と理由はあったが。

「殿下も王族の教育係がいたんですよね？」

「一応、かな。他と比べると随分、自主性に任せてた気はする、けど」

そんな気はしていた、とリゼルは頷く。

とはいえ最低限の教育は済ませたうえでの話だろう。リゼル自身も貴族として教育は受けてきたが、とにかく徹底して基礎をこなしてきた。

懐かしい事だとしみじみとしていると、ふいにアリムが顔を上げる。

「先生の国の、王族ってどんな人？」

「出身の、で良いですか？」

「そう」

一瞬、パルテダールについて聞きたいのかと思ったが違うようだ。

リゼルは本を閉じ、思案するように一瞬目を伏せる。他国の王族に聞かせるのならば言葉は選ばなければならない。王の印象はそのまま国の印象に繋がるのだから。

何故なら生涯《しょうがい》交わる事のない相手とは言い切れない。何せ今、リゼルはここに居る。

「そうですね……」

視線を外し、口元に手を寄せながら考えること数秒。

「元気いっぱいで素晴らしい手腕《しゅわん》を持った王です」

元ヤン国王とは言わないあたりやや配慮した。

「若い、のかな」

「はい。まだ即位から数年で」

「先生が褒めるなら、周りに好き放題されてるって事もない、ね」

「それはもう」

最初はやはり色々と大変だったが。

リゼルも宰相《さいしょう》としての役職の確立に東奔西走《とうほんせいそう》していたし、元教え子も周りの手を借りるのを躊躇する事なく慌ただしい日々を乗り切った。そうできるだけの地盤を前もって作っておけたのが大きい。

基本的にリゼルの元教え子は非常に要領が良いのだ。更にはリゼルの効率主義を独自の解釈をもって立派に習得したものだから、やる事を完璧にやった後に好き放題するという非の打ち所がない奔放っぷりを見せている。

「う、ふふ、じゃあ周りが大変、なのかな」

「(周りが大変……)」

いや、やるべき事を他人任せにしない点についてはむしろ楽なんじゃないだろうか。

なにせ気になった事があれば率先して動く。よく自身が持つ血統的な魔術をフル活用していた。

その良い例が元教え子曰く〝青空会議〟。ようは「当事者いねぇと話になんねぇわ現地行くぞ」である。


あれは数年前のこと。

「第二十四回、青空会議始めんぞー」

とある村の真ん中で、リゼルの教え子は魔道具である拡声器を手にそう宣言した。

既に村人は集められている。三日前に〝三日後以降の晴れの日に広場に集合〟と先触れを出していた為、村中の人々がわいわいがやがやと地面に腰を下ろしていた。

「陛下、私は今日で二十回目だと思ってました」

「やべ……」

そこらの家から差し入れされた椅子に腰かけた元教え子の後ろに立ちながら、リゼルはそっと囁いた。聞いていないのならご近所問題などの、当事者には申し訳ないが些細な事で開かれたのだろうが。

視線は村人たちを見据えたまま、ぼそりと零されたやり取りは幸いな事に誰の耳にも届かなかった。

「あー、テステス。おい、全員集まったか」

「つつがなく」

「おしおし」

リゼルの反対側、元教え子の傍に立つのはこの領地の領主。

壮年に足を踏み入れかけた彼は、彼の代から領主の役目を担うようになった小貴族だ。先代まではあまり宜しくない人物が領地を治めており、彼の家も酷い抑圧を受けていたのだが色々あって無事に領主交代済み。

「今年は麦が豊作ですね」

「えぇ、えぇ、有難い事です。ようやく水路の整備に手が回りまして」

「水害対策の専門家、必要でしたら言ってくださいね」

「やぁ、それは助かります」

「おーい、ほのぼのしてんなよ。始めんぞ」

拡声器を揺らした元教え子に、後ろでのんびり言葉を交わしていたリゼル達も視線を正す。

その雰囲気を察したのだろう。賑やかであった村人たちも口を閉じて己の国の頂点に立つ相手を見つめた。

しかし空気は緊張感など孕まない。気安くはあるが敬意を孕み、若いからと侮る者など一人もいない。勿論、必要な場面ではその気安さも鳴りを潜めるが。それを当然としながら、元教え子は今回の趣旨の説明を始めた。

「隣町との交易路について話すぞ。麦が豊作、よくやった。でも麦の収穫がこの調子で増えてくと三年で道が死ぬ」

この村には隣の大きな街への交易路が一応敷かれている。

この辺りを仕切る領主の屋敷がある街だ。今までの強欲な領主は税として納めさせていた麦を他国に売り払って莫大な利益を上げていた。その為の交易路だったのだが、作るだけ作って整備に金をかけなかった為に荒れ放題になっている。

誰しも予想はついていたのだろう。半笑いだ。

「行き来が増えると魔物も寄ってくんだろ」

「へーかがバーンッってやるのはダメ？」

「俺がいつでもバーンしにこれると思うなよ」

三角座りをしながらハイ、と手を上げた幼子《おさなご》をびしりと指さして堂々宣言する元教え子の手をリゼルは後ろからそっと下ろさせた。行儀が悪い。

「で、整備するにも金がねぇ」

「力不足ですまないね」

苦笑する領主を責める者など一人もいない。

前の領主が幅を利かせていた時に、大半の権力を奪われながらも村人たちを庇ってくれたのが今の領主だ。感謝こそすれ、恨むのはお門違いだろう。

「整備はそろそろ始めねぇと間に合わねぇだろ。まぁ確実な方法が一つあんだが」

元教え子は身を乗り出すように片腕を膝の上に乗せ、告げた。

「前領主と繋がってた商会に金出させるぞ」

村人達がざわめいた。

リゼルは隣に立つ領主を窺ったが彼は何も言わない。それで良いと静かに微笑む。

「あいつらもお前らの麦でかなり儲けてたんだろ。で、これから収穫量増えんなら奴らにとっても商売チャンス。なら独占取引を餌《えさ》にすりゃ金くらい出す」

「何で俺達が奴らに利益をやらなきゃいけないんですか！」

「繋がってたっつっても、そいつらは売りますって言われたもん買っただけだ。まぁ、裏がある取引だってのは気付いてたかもな」

「だから許せと？」

「どうすりゃ許せるかって話しにきてんだよ」

口々に声を上げる村人に、元教え子は口調を荒げる事なく言葉を返した。

聞き覚えのある領主の名を報告の中に見つけたのは三日前のこと。街道整備の資金調達にとある商会の名をあげていた書面からは、領民の反発を予期しながらも決行しなければならないという苦渋の決断が見て取れた。

勿論、それを読み取れたのは事情を知っているが故なのだが。前領主の不正を摘発したのは元教え子自身なのだから。

「反論は代案がある奴に限り認める。おら、挙手」

このまま街道が潰れてしまえば流通が滞《とどこお》る。魔物に襲われるリスクも高まる。

それを知ってはいるものの、やはりすんなりとは認められないのだろう。何人かが手を上げた。

「よし、お前。自己紹介からな」

「そこのパン屋の倅《せがれ》です」

「お、そこか。クルミ入りのやつ美味ぇよな」

「有難うございます！」

いつの間に食べたのかとリゼルは元教え子を見下ろした。

「ただババァに出された茶はクソほど不味かった」

「母さん……？」

発言者である男の隣で、にっこりと話を聞いていた老婆が笑う。

「殿下はね、私の茶が好きでねぇ」

「俺もう陛下なんだわ」

「美味しい美味しいって、いつも飲んでくれるのよ」

「いや美味ぇとは一度も言った事ねぇよ、雑草の味だぞ」

「どれ、入れてきてあげましょうか」

「サンキューババァ、でもほんといらねぇわ！」

口が悪いと白い背中をつつきながらもリゼルは微笑ましげに眺め、領主は領民の凶行に頭をかかえていた。素人の自家菜園でとれたハーブティーというのだから、本当に雑草という可能性も捨てきれない。

「えー……母には後でよく言っておきます。それでですが、国に整備費を出してもらう事は……」

「そんな金はねぇ」

嘘をつけ、という視線が集まった。

とはいえリゼルの元教え子は正しい事を言っている。

「ここの交易路に限定すりゃ、まぁ間違いなくできる。なら国中のってなると圧倒的に金がねぇ。更には、まぁお前らは気に入らねぇだろうけど解決策もある。言ってること分かんだろ」

「……そうですよねぇ」

想定内の返答だったのだろう、発言者はがくりと肩を落とした。

そもそも本来ならば領地の整備は領地の予算でやりくりしなければならない。元々この村に繋がる街道も元の領主一族が整えたものだ、そして他の領地でも同じく。

前領主からむしり取った財産は、元教え子がそっくりそのまま領地の運営費として残していった。

領主交代の際には一時的に税も下げている。これ以上の特別扱いはできない。

「今年は城の修繕費もかかんだよなぁ」

「しゅーぜんはいらないと思う」

「お城ってきれーなんでしょ？」

「いるわ。お前な、もし他の国に『この国しょっぼ』って言われたらどうすんだよ」

「むかつく」

「だろ」

得てして国の顔というものは国の、ひいては国民の評価へと繋がりやすい。

しかも評価するのは一流を知る者達ばかり。城に招かれるような者など皆そうだ。求められる水準は常に最高であり、金をかけるだけで国の威信が保てるのならそれに越した事はない。

「お前らだって家が雨漏りすりゃ直すだろ。一緒だよ」

「へーかんち雨漏りしてんの？」

「ぶっちゃけ寝室でしてる」

村の大人達が顔を覆った。

自国の王の寝室で雨漏り。なんというパワーワード。

「……些細ではありますが運営費の一部をお渡しさせていただきたいと」

「大丈夫ですよ。事故みたいなものだったので」

粛々と申し出た領主をリゼルはやんわりと宥める。

そう、老朽化《ろうきゅうか》ではないのだ。ちょっと空を通りがかった古代竜《こだいりゅう》が止まり木代わりに一休みしていっただけで。

その後も幾つか案が上がったが、最善策には程遠い。それも当然だ。他に方法があるならば既に領主が検討しているし、元教え子かリゼルが提案している。

「じゃあもうあの商会に任せんぞ、良いな」

「まぁ他に手がないんじゃやなぁ……」

「釈然としないところがあるけれど……」

村人達は難しい顔をしながらも、散々話し合って現状をしっかり理解したのだろう。

ただ嫌だという理由で反対するには、村への不利益が大きすぎる。将来的な事を考えれば確かに例の商会の手を借りるのが、誰の目から見ても最善であった。

「次だ次。その〝釈然としねぇ〟っつうのを解決すんのが」

「はい、殿下。お茶ですよ」

「ほら見ろさっきからババァいねぇなって思ってたんだよなぁ！」

老婆の息子がそういえばと頷いているなか、盛大に嫌そうな元教え子がカップへ手を伸ばす。

しかしリゼルがその手を追い越した。そんな事は自分が、と慌てる領主の前でカップを手に取り一と口。思ったより雑草だった。

「どうぞ、陛下」

「いや飲ませんなよ」

微笑みを崩さず差し出せば、元教え子は雑にカップを握って一気に呷った。

そこで拒否せず毎度毎度しっかり飲んでしまうから誤解されるのだと、そんな事を思いながら咳き込んだうえに王族にあるまじきえずき方をしている背をさすってやる。自分の国民《もの》には基本的に甘いのだ。

「おぇ……そんでだな、どうすらお前らがすんなり受け入れられるのかっつぅのを考えて」

「陛下、私達の為に……」

「商会のトップ連れてくるわ」

「陛下⁉」

直後、村人は一瞬消えてすぐに現れた元教え子の隣で目を白黒させている例の商会の会長を前にひっくり返る事となる。


そう、問題が起きた時の解決は確かに早かったのだ。

とにかく話が早い。あの時も両者の飾らぬ話し合いの末、円満に交渉は成立した。ならば問題ないのでは、とリゼルは頷く。

そもそも王の為に身を削るのを否やと陳ずる臣下など、少なくともリゼルを筆頭にその周りにはいなかった。当代では王を中心によく纏まっている、と評価される所以なのだろう。

「先生？」

「いえ、何でも」

考え込むリゼルに、どうかしたのかとアリムが問いかける。

彼は首を振るリゼルを見て、なら良いけれどと古代言語の本へと向き直った。それを見たリゼルもまた手元の本を開く。

「あ」

「どうしました？」

その時、ふとアリムの中に疑問が浮かんだ。

今や継承権を放棄した身。だがそれでもリゼルならば何と答えるのだろうと気になった。

「先生なら、どんな国王が理想、なのかな」

一瞬目を瞠ったリゼルが、甘やかに瞳を細める。

「昔、同じ事を聞かれた事があります」

アリムは布越しに、その蕩《とろ》けるような微笑みを見つめた。

過去にも同じ笑みを見た事がある。それは以前、この書庫で一通の手紙を読んでいた時。誰からの手紙かとは聞かなかったが、その冒険者とは思えない整った指先が酷く丁寧にそれに触れていたのをよく覚えている。

「何て答えた、の」

「模範解答ですよ。民が誇れるような王じゃないか、と」

だからそれは結局何をどうすれば、というのは元教え子の談。

しかし答えのある問いではないのだ。国ごとに様々な王の形があり、どれが最も素晴らしいのかなど比べるようなものでもない。

特に、リゼルにとっては。比べる意味など全くなかった。

「それに、理想よりも現実こそが俺にとっての至上なので」

アメジストを融かし、そっと零された声にアリムは何も言わなかった。

そのまま手元の本へと視線を落としたリゼルを眺め、掴んでいるペンを揺らす。古代言語の解読を再開させようと紙面へと視線を滑らせた時、ふとアリムは気付いた。

「(自国の王と、元教え子と、手紙の送り主)」

それを語る時の笑みが全て同じ、満たされたような笑みであること。

けれど何となく触れないほうが良いだろうと結論付けて、彼は気付かなかったふりで勉強を再開するのだった。

あとがき

祝、十巻!!

だというのに、少しだけ申し訳ないお知らせから…。

これまで休暇にお付き合いいただけた方は恐らくお気づきでしょうが、今巻の書籍からページ数がやや少ないです。そして書き下ろしが二つに増えております。

「小説家になろう」のほうでは先立ってお知らせ致しましたが、「なろう」本編での連載に追いつきそうになっている為、出版社さんと話し合いの結果こういった対応とさせていただきました。

とはいえ今まで、「書籍化はいつ終了するか分からないし詰め込めるだけ詰め込んだれ」と規定ページをがっつりオーバーしていた為、その分を減らして書き下ろしを増やすといった形です。

ここまでお付き合いくださった方々のお陰で、二桁《けた》巻までリゼル達の休暇をお届けする事ができました。そのお陰で「キリが良いところで……」とならずに減ページに踏み切る事ができました。

何より感謝を伝えるべき巻で、恐らく残念に思われる方もいらっしゃるだろう事、本当に申し訳なく思っております。ただその分、これから精いっぱいマイペースなリゼル達をお届けしたいと思います!

これからも何卒、「穏やか貴族の休暇のすすめ。」をよろしくお願いいたします！

そしてケセランパサランに続きましてこの巻でもありましたね！

ミノタウロス派の方は大変申し訳ございません。二パターンある事を知ったうえでマイナーなほうを選んでしまうとはこれ如何《いか》に……大抵リゼル達が口にするならどっちを聞きたいかで選んでるので、私ではなく奴らのイメージがアレなんだと思います。

もうマイノリティな自分に特別感を感じる年頃は過ぎてるから辛い……後から読者さんに指摘されると何とも言えない居た堪れなさがあって辛い……でも敢えて直すのは何か違う。そんな葛藤を抱きながら書籍化したミノタウルス君（絵画）でした。

今巻もまた、たくさんの方に支えられて皆様へお届けする事ができました。

ドラマCD第一弾・二弾と現代服まで描いていただいたさんど先生。リゼル達がお着替えする度に申し訳なさと嬉しさで悶《もだ》えております。お声の仕事もされていてドラマCD関連でも頼もしすぎる編集様。神様からエンタメチートを貰ってると思っております。十巻まで続けさせていただき有難うございますなTOブックス様。

そして、本書を手に取ってくださった皆様。本当に有難うございました！

二〇二〇年九月　岬

著 岬
ill. さんど
TVアニメ化決定！
穏やか貴族の
休暇のすすめ。
A MILD NOBLE'S VACATION SUGGESTION

穏やか貴族の休暇のすすめ。10

2020年10月1日　第1刷発行
2024年10月1日　第2刷発行

著　者　岬

編集協力　株式会社MARCOT

発行者　本田武市

発行所　TOブックス
〒150-0002
東京都渋谷区渋谷三丁目1番1号　PMO渋谷Ⅱ　11階
TEL 0120-933-772（営業フリーダイヤル）
FAX 050-3156-0508

印刷・製本　中央精版印刷株式会社

ISBN978-4-86699-036-1